16	3	2	13
5	10	11	8
9	6	7	12
4	15	14	1

MINISTRY OF CULTURE
CZECH REPUBLIC

Esta publicação contou com o apoio do
Ministério da Cultura da República Tcheca.

Coleção LESTE

Bohumil Hrabal

TRENS RIGOROSAMENTE VIGIADOS

Tradução
Luís Carlos Cabral

Posfácio
Šárka Grauová

editora 34

EDITORA 34

Editora 34 Ltda.
Rua Hungria, 592 Jardim Europa CEP 01455-000
São Paulo - SP Brasil Tel/Fax (11) 3811-6777 www.editora34.com.br

Imagem da capa:
Fotograma do filme Trens rigorosamente vigiados, *de Jiří Menzel, com Václav Neckář no papel de Miloš Hrma, 1966*
© *Masheter Movie Archive/Alamy*

Capa, projeto gráfico e editoração eletrônica:
Franciosi & Malta Produção Gráfica

Edição:
Danilo Hora

Cotejo e revisão técnica:
Filip Vavřínek

Revisão:
Beatriz de Freitas Moreira

1ª Edição - 2025

CIP - Brasil. Catalogação-na-Fonte
(Sindicato Nacional dos Editores de Livros, RJ, Brasil)

Hrabal, Bohumil, 1914-1997
H724t Trens rigorosamente vigiados / Bohumil Hrabal; tradução de Luís Carlos Cabral; posfácio de Šárka Grauová. — São Paulo: Editora 34, 2025 (1ª Edição).
128 p. (Coleção Leste)

Tradução de: Ostře sledované vlaky

ISBN 978-65-5525-252-1

1. Literatura tcheca. I. Cabral, Luís Carlos. II. Grauová, Šárka. III. Título. IV. Série.

CDD - 891.8

TRENS
RIGOROSAMENTE
VIGIADOS

TRENS RIGOROSAMENTE VIGIADOS

Nesse ano, o ano quarenta e cinco, os alemães já não controlavam o espaço em cima da nossa cidadezinha. E menos ainda o de todo o nosso território, e o do país. Os ataques aéreos tinham arruinado as comunicações, por isso os trens da manhã passavam ao meio-dia, os do meio-dia, à tarde, e os da tarde, à noite, e por isso às vezes acontecia de o trem da tarde chegar sem um minuto de diferença do horário marcado, mas isso era porque aquele era o trem de passageiros da manhã, quatro horas atrasado.

Anteontem, em cima da nossa cidadezinha, um caça inimigo metralhou um caça alemão, que acabou perdendo uma asa. E depois a fuselagem pegou fogo e caiu em algum lugar no campo, mas aquela asa, ao se desprender da fuselagem, soltou uns punhados de parafusos e porcas, que caíram na praça e bicaram as cabeças de umas mulheres. Mas a asa ficou planando sobre a nossa cidadezinha, e quem podia ficava olhando, até que a asa, com um movimento rangente, passou por cima da própria praça, onde se aglomeravam os clientes dos dois restaurantes locais, a sombra daquela asa cruzava a praça e as pessoas corriam para um lado e em seguida corriam para o lado onde haviam estado um momento antes, porque ela não parava de se mover, como um pêndulo gigante que afugentava os cidadãos na direção contrária ao lugar provável de sua queda, e enquanto isso emitia um estrondo cada vez mais forte e um som melodioso. E depois ela escorregou rapidamente e caiu no jardim do deão da paróquia. E em cinco minutos os cidadãos já estavam carregando as placas e os pedaços de chapas da asa, que logo no dia seguinte virariam tetos de galinheiros e de coelheiras, e naquela mesma tarde um cidadão cortou tiras da chapa pilhada e à noite fez belíssimos protetores de pernas para motocicletas. Assim desapareceram não só a asa mas também todas as chapas e peças da fuselagem do avião do Reich que caiu nos arredores da cidade, nos campos cobertos de neve. Eu fui de bicicleta para olhar, meia hora depois que o derrubaram. E no caminho já encontrava cidadãos que arrastavam em seus carrinhos o que haviam apanhado. Era difícil imaginar para que aquilo iria lhes servir. Mas segui em minha bicicleta, eu só queria ver o avião destruído e não suportava gente gananciosa, até parece que eu vou sair por aí recolhendo ou arrancando peças e trastes! E pelo caminho de neve pisoteada que agora levava àquelas negras ruínas vinha o meu pai, carregando uma espécie de instrumento musical prateado, ele sorria e agitava essas tripas prateadas, uns tubinhos. Sim, eram tubinhos do avião, os tubinhos por onde passava a gasolina, e só à tarde, já em casa, foi que eu descobri por que meu pai ficou tão feliz com aquele butim. Cortou-os em pedaços de tamanho igual, poliu-os, depois descansou sua lapiseira de ponta grossa ao lado daqueles sessenta tubinhos reluzentes. Meu pai sabia fazer de tudo porque estava aposentado desde os seus 48 anos. Era maquinista e havia conduzido locomotivas desde os 20, e por isso os anos em que trabalhou valiam em dobro, mas os cidadãos ficavam loucos de inveja ao pensar que meu pai poderia viver mais duas ou três décadas neste mundo. Além disso, papai levantava ainda mais cedo do que aqueles que iam trabalhar. Por toda a região, onde fosse possível, ele recolhia parafusos, ferraduras, pegava qualquer traste inútil e qualquer peça que achasse nos lixões e armazenava tudo em casa, no galpão ou no sótão, nossa casa até parecia um ferro-velho. E quando alguém resolvia se livrar de seus móveis velhos, papai carregava tudo, por isso, mesmo que em casa nós só vivêssemos em três pessoas, tínhamos cinquenta cadeiras, sete mesas, nove sofás e montanhas de pequenos armários, pias e jarros. E isso ainda era pouco para o meu pai; ele saía de bicicleta para recolher coisas nos arredores e ainda mais longe, remexia os monturos com uma barra de ferro e à noite voltava com o butim, porque tudo podia servir algum dia para alguma coisa, e de fato servia, porque quando alguém precisava de algo que não se fabricava mais, alguma peça para o carro, para a trituradora ou o debulhador, e quando não a encontrava, vinha à nossa casa, e o meu pai começava a refletir, a memória o conduzia a algum lugar do sótão ou do galpão, ou às pilhas de quinquilharias que havia no pátio, então ele metia a mão em algum lugar e depois de um tempo tirava um traste que de fato servia. Por isso meu pai costumava ser o comandante da recolha dominical de sucata, e quando transportava todos aqueles trastes de ferro para a estação, nunca deixava de passar na frente de casa e despejar uma parte daquele ferro-velho dominical. E mesmo assim os vizinhos não conseguiam perdoá-lo. Devia ser porque o meu bisavô Lukáš, desde os seus 18 anos, recebia uma renda diária de um *gulden*, e depois, quando chegou a República, recebia em coroas. Meu bisavô nasceu em 1830, era tamboreiro no exército e em 1848 lutou na Ponte Carlos, onde os estudantes atiraram paralelepípedos nos soldados e acertaram meu bisavô no joelho, e ele ficou aleijado para o resto da vida. Desde então passou a receber uma renda de um *gulden* por dia, com o qual comprava a cada dia uma garrafa de rum e dois pacotes de tabaco, e em vez de ficar fumando e bebendo em casa, saía manquejando por ruas e sendas, e ia, de preferência, a algum lugar onde o povo estivesse se matando de trabalhar, e ali ficava caçoando dos trabalhadores, bebendo o rum e fumando os cigarros, e por isso todos os anos alguém dava uma surra no meu bisavô, e uma surra tal que o meu avô tinha que levá-lo para casa de carriola. Mas assim que ele se recuperava, voltava a sair perguntando quem estava levando a melhor, até que voltava a tomar uma surra terrível. Foi só com a queda da Áustria que tiraram do meu bisavô a renda que ele vinha recebendo há setenta anos. Com a pensão que passou a receber com a chegada da República, as garrafas de rum e os pacotes de tabaco diminuíram. E apesar disso, todos os anos, continuavam surrando o meu bisavô Lukáš até deixá-lo inconsciente, porque ele continuava se gabando daqueles setenta anos em que todos os dias tivera a garrafa de rum e os cigarros. Só em 1935, quando ele foi se gabar diante de uns pedreiros cuja pedreira tinha acabado de ser fechada, foi que lhe deram uma surra tão forte que ele morreu. O médico disse que ele poderia ter vivido mais uns vinte anos. Por isso não havia na cidade uma família tão malvista como a nossa. Meu avô, para que a lasca não fosse tão diferente do pau, isto é, do bisavô Lukáš, era hipnotizador e trabalhava em pequenos circos, e a cidade inteira achava que seu hipnotismo era um desejo de passar a vida vadiando. Mas em março, quando os alemães atravessaram a nossa fronteira para ocupar o país e avançar em direção a Praga, o único a enfrentá-los foi o nosso avô, só o nosso vovô foi de encontro aos alemães na qualidade de hipnotizador, para deter com a força do pensamento os tanques que avançavam. E assim o vovô seguiu pela estrada com os olhos fixos no primeiro tanque, que liderava aqueles exércitos motorizados. E em cima do tanque, enfiado na cabine até a cintura, havia um soldado do Reich, que tinha na cabeça um barrete negro com a caveira e os ossos cruzados, e meu avô foi de encontro ao tanque com os braços estendidos, e seus olhos injetaram nos alemães a ideia de que deviam fazer a volta e regressar... E, de fato, o primeiro tanque parou, todo o exército se deteve, vovô tocou o tanque com os dedos e continuou emitindo a mesma ideia... deem a volta e regressem, deem a volta e regressem, deem a volta... depois um tenente fez um sinal com uma bandeirola e o tanque se pôs em marcha, mas o vovô não se esquivou e o tanque passou por cima dele, arrancou sua cabeça, e não houve mais nada que bloqueasse o caminho do exército do Reich. E depois papai foi procurar a cabeça do vovô. O primeiro tanque ficara parado diante de Praga, esperava a chegada de um caminhão-guindaste, já que a cabeça do vovô estava cravada na lagarta do tanque, e essa estava tão retorcida que papai implorou que o deixassem tirar a cabeça do vovô para enterrá-la depois com o corpo, como cabe a um cristão. Depois disso, em toda a região as pessoas começaram a discutir. Uns gritavam que o nosso avô era maluco, outros, que não completamente, que se todos tivessem enfrentado os alemães como o nosso avô, mas com armas nas mãos, quem sabe o que teria acontecido com os alemães.

Naquela época ainda morávamos fora da cidade, e só mais tarde mudamos para a cidade, e para mim, que estava habituado com a solidão, quando chegamos à cidade o meu mundo se estreitou. Depois disso eu só soltava o ar quando saía para passear pelos arredores da cidade. E na volta, ao atravessar a ponte, à medida que as ruas e becos se estreitavam eu também me estreitava, sempre tinha, tenho e terei a impressão de que atrás de cada janela há pelo menos um par de olhos me observando. Quando alguém se dirigia a mim eu enrubescia, porque tinha a impressão de que havia algo em mim que deixava todos incomodados. Três meses antes eu tinha cortado as veias dos pulsos, e foi como se não tivesse motivo para fazer isso. Mas eu tinha sim um motivo, e o conhecia, e só me dava medo que qualquer um que me olhasse fosse adivinhar esse motivo. Por isso, atrás de cada janela aqueles olhos. Mas o que pode pensar uma pessoa quando tem 22 anos? Eu podia pensar que a gente da nossa cidade me olhava como se eu tivesse cortado as veias para me livrar do trabalho, que agora ela teria que fazer no meu lugar, da mesma forma como antes havia feito no lugar do meu bisavô Lukáš e do meu avô Vilém, que era hipnotizador, e do meu pai, que tinha conduzido uma locomotiva durante um quarto de século só para poder ficar sem fazer nada depois.

Nesse ano os alemães já não controlavam o espaço em cima da nossa cidadezinha. Quando cheguei pela trilha até os destroços do avião, a neve brilhava nas planícies, e em cada pequeno cristal de neve era como se um minúsculo ponteiro de segundos fizesse tique-taque, porque a neve trincava sob o calor do sol e ficava de todas as cores, e eu podia ouvir que não era só em cada pequeno cristal de neve que os ponteiros faziam tique-taque, mas também em algum outro lugar. O tique-taque do meu relógio era claramente perceptível, mas eu ouvia ainda outro tique-taque, e esse tique-taque saía do avião, daquela pilha de coisas. E ali, de fato, fazia tique-taque o relógio da cabine, até marcava a hora certa, que eu comparei com os ponteiros do meu relógio. E depois eu vi que um pouco mais abaixo havia uma luvinha iluminada pelo sol, e tive certeza de que a luva não estava só, que dentro dela havia a mão de um homem, e que a mão não estava só, e sim ligada a um braço, e o braço, a um corpo humano, que estava em algum lugar debaixo dos escombros. E com todo o peso do corpo eu pisei no pedal da bicicleta, de todos os lados vinha o tique-taque dos minúsculos ponteiros dos segundos sob a luz do sol, e pelo caminho de ferro, ao longe, corria um trem de carga que roncava com alegria; era um trem que retornava cheio de carvão da bacia de Most, certamente um trem de 140 eixos, e no meio dele ficara travada a sapata de um freio, ela estava incandescente e o metal gotejava no trilho, mas a locomotiva do Reich arrastava com alegria aquele vagão emperrado.

Amanhã eu já estarei junto à linha de duas vias da minha pequena estação, na qual todos os trens que forem do Oeste ao Leste estarão sinalizados, de acordo com o horário, com números ímpares, e, por sua vez, os trens que forem do Leste ao Oeste, com números pares. Estarei de volta, depois de três meses, controlando o tráfego, estarei de volta à estação, pela qual passam duas vias principais, e a via que vai do Oeste ao Leste tem o número um, e a segunda via, que vai do Leste ao Oeste, tem o número dois, e depois, a partir da via número um, todas as vias à mão direita têm números ímpares, três, cinco, sete e assim por diante, e todas as vias à mão direita da via número dois têm números pares, dois, quatro, seis, oito, dez, etc. É claro que isso, essa numeração, serve apenas para nós, empregados das ferrovias do Estado, pois do ponto de vista de um leigo que estiver na plataforma de uma estação, por exemplo, da minha estação, a primeira via será a quinta, a segunda será a terceira, a terceira será a primeira, a quarta será a segunda... E amanhã de manhã bem cedo vestirei o uniforme, calças pretas e camisa azul, e o casaco do uniforme, com botões de latão que minha mamãe limpa com polidor Sidol, e depois abotoarei o belo colarinho, que tanto no casaco como na capa tem o mesmo distintivo, pelo qual todo ferroviário logo reconhece qual é o meu posto no serviço. O botão do colarinho indica a qualquer um que eu terminei o ensino médio. E depois a bela estrela bordada com fio dourado deixa ao conhecimento de todos que sou aprendiz de ferroviário. E além disso, brilha no colarinho o distintivo mais belo, um círculo alado enfeitado com lantejoulas roxas e azuis, um círculo alado parecido com um cavalo-marinho dourado. E de manhã sairei quando ainda estiver escuro, minha mamãe estará me olhando, ficará imóvel atrás da persiana, assim como atrás de todas as janelas pelas quais eu passar, atrás de todas elas as pessoas ficarão do mesmo jeito que a minha mamãe, me observando com um dedo apoiado na persiana, e eu correrei para o rio, e ali, na trilha, soltarei o ar, como sempre, porque não gosto de ir ao trabalho de trem, é junto ao rio que eu respiro com mais liberdade, pois não há janelas, nenhuma armadilha, nenhuma agulha cravada na nuca.

Na sala do controle de tráfego tudo estava como quando a deixei. O painel de controle central continuava parecendo um gigantesco *Ariston*[1] ou um caça-níqueis, a mesa do telégrafo continuava debaixo da janela, de onde se via uma trilha de cinco quilômetros através do campo, ladeada por velhas macieiras, e no final dessa trilha cintilava o palácio do marquês Kinský, um castelo que, hoje de manhã, quando o sol saiu, tinha névoa até o primeiro andar, de modo que parecia pendurado numa corrente de ouro. E naquela mesa havia três telégrafos fabricados há meio século pela empresa Siemens Halske e três livros de registros de mensagens telegráficas. E os dois telefones internos e os três telefones da estação conectavam sem parar, e na sala do controle o tempo todo se ouvia o arrulho suave, o tilintar e o gorjear dos telégrafos e dos telefones, como na barraca de um vendedor de aves canoras. Na janela que dava para a sala de espera ainda havia a cortina verde, recolhida com anéis de latão, e ao lado o armário de metal e a máquina de datar bilhetes. O controlador de tráfego Hubička[2] me deu as boas-vindas e logo em seguida disse que trabalharíamos juntos, que depois de ter

[1] Aparelho musical semelhante ao órgão mecânico, que reproduzia peças gravadas em papelão perfurado. (N. da E.)

[2] O significado literal de *hubička* é "beijoca". (N. da E.)

ficado doente por três meses eu teria que voltar à aprendizagem. Depois o controlador de tráfego me perguntou que horas eram, levantou a minha manga e não olhou para o relógio, mas diretamente para a marca da ferida cicatrizada.

E eu ruborizei, e logo em seguida fiz como se estivesse procurando meu quepe vermelho. Estava no armário, bem empoeirado, e no fundo havia marcas de patinhas de ratos. Sob o sol da manhã comecei a escovar o quepe do meu uniforme, ouvindo o arrulho que vinha do pombal do senhor chefe da estação. Atrás da estação se viam todos os obstáculos da pista de corrida de cavalos, era como uma miniatura do Grande Prêmio de Pardubice, porque o marquês Kinský criava cavalos de corrida meio-sangue, com os quais vencera não apenas o Grande Prêmio de Pardubice mas também o de Liverpool, quase um milhão de libras esterlinas, na época aquilo era tanto dinheiro que o marquês começou a construir, atrás da nossa pequena estação, um cinema enorme, um teatro e uma sala de concertos para o nosso vilarejo, mas não terminou, e por isso o espaço se transformou num depósito de grãos, o mais belo depósito de grãos do mundo, no qual se entrava passando entre colunas gregas e romanas. E chamavam esse depósito à maneira inglesa: "o liverpul"...

Exatamente às sete e meia o senhor chefe entrou na sala do controle de tráfego. Pesava quase cem quilos, mas as mulheres diziam que dançava com uma leveza inacreditável. Ele se penteava puxando, por cima da careca, os fiozinhos do lado esquerdo para o direito, e os do direito, a partir da orelha, para o esquerdo. Mas às vezes, quando passeava à toa pela plataforma e o vento soprava, seus cabelos se erguiam e viravam uma espécie de arco gótico. Agora ele estava abrindo a porta do seu escritório. Ninguém podia esperar que o chefe de uma estação tão pequena tivesse um escritório tão bem mobiliado. O tapete persa sempre reluzia com suas flores vermelhas e azuis, três tamboretes turcos realçavam a atmosfera oriental. E a pesada escrivaninha com incrustações de mogno era ensombrada pelas grandes folhas de uma palmeira gigantesca, e essas folhas formavam uma espécie de sombrinha sobre a poltrona veneziana. Aquele escritório como um todo dava a impressão de que era possível carregá-lo, junto com o chefe, numa liteira como aquelas em que se carrega o papa. Em cima de um aparador rococó havia um relógio de mármore e, no lugar do pêndulo, três bolas douradas iam para lá e para cá, e todos que ouviam o som desse relógio olhavam para ele e diziam: "Como toca bonito esse relógio!". E ainda havia no escritório um sofá da administração, forrado com um tecido encerado cor de chocolate, e na parede uma grande pintura a óleo que mostrava uma locomotiva saindo da estação Wilson,[3] lançando vapor na direção dos trilhos e na direção do céu, e partia em meio a essa nuvem, um quadro que deixa entusiasmado qualquer empregado das ferrovias do Estado, e mais ainda o nosso senhor chefe, que tinha dois objetivos em sua vida: ser nomeado inspetor das ferrovias do Estado e obter o título de barão Lánský z Růže, porque ao pesquisar seus antepassados descobriu que tinha um pouco de sangue azul. Portanto, tinha sangue azul em dobro, pois os ferroviários também eram chamados de "nobreza azul".

Apesar disso, o senhor chefe tinha um passatempo bastante ordinário, criava pombas. Antes da guerra, criava Pombas de Nuremberg, aquelas com agressivas flechas brancas e negras nas asas, e ele mesmo limpava o pombal de dois em dois dias, trocava a água e lhes dava alpiste. Mas quando os alemães atacaram tão selvagemente e depois submeteram os

[3] Atualmente Praha Hlavní Nádraží, principal estação de Praga. Inaugurada como Estação Francisco José, em homenagem ao imperador austro-húngaro, chamou-se Estação Wilson entre 1918 e 1938 e 1945 e 1948, em homenagem ao presidente norte-americano Woodrow Wilson. (N. da E.)

poloneses,[4] o senhor chefe fechou o pombal e antes de partir para a cidade de Hradec ordenou ao ajudante da estação que estrangulasse todas as Nuremberg. Depois de uma semana trouxe outras, Pombas Lince Polonês, aquelas que têm um papo azul belíssimo e asas maravilhosas, ornadas de pequenos triângulos cinza e brancos que se encaixam um no outro como ladrilhos de banheiro.

Eu estava parado entre os trilhos e sentia que alguém me observava, virei-me e pela janela aberta do porão vi os olhos da mulher do senhor chefe, que, ali na escuridão, alimentava um ganso e olhava para mim. Eu tinha carinho pela mulher do senhor chefe da estação, que gostava de ir à noite passar tempo no escritório, onde ficava tricotando uma enorme toalhinha de mesa, e fazia muito silêncio quando tricotava, de seus dedos saíam flores e pássaros sem parar, e ela tinha à sua frente, na mesa dos telégrafos, um livro, sobre o qual se inclinava em busca de orientações sobre como trabalhar os pontos, como se tocasse uma cítara e lesse a partitura. Mas toda sexta-feira ela abatia coelhos, pegava um coelhinho da coelheira, prendia-o entre as pernas e depois encostava uma faca pouco afiada no pescoço dele, e o animalzinho soltava um assobio, um apito prolongado, até que depois de algum tempo sua vozinha ficava mais fraca, mas a mulher do senhor chefe o observava com a expressão de quem tricota uma enorme toalhinha de mesa. Dizia que assim, quando o coelho sangra, a carne fica muito melhor, mais tenra. Eu via por antecipação como ela iria cortar o pescoço daquele ganso, sentar-se a cavalo em cima dele, apertar o bico cor de laranja contra o pescoço como quem fecha uma navalha, e primeiro arrancaria com cuidado as penas da nuca, e depois o sangue cairia na panela, a ave perderia as forças, até ficar completamente

[4] A invasão da Polônia ocorreu em setembro de 1939, marcando o início da Segunda Guerra Mundial. (N. da E.)

mole, e então a mulher do senhor chefe ia esticar o pescoço da ave e ficar apoiada só sobre os próprios calcanhares.

— Aprendiz Hrma — chamou o senhor chefe.

Eu entro no escritório, bato continência e fico em posição de sentido.

— O aprendiz Miloš Hrma[5] se apresenta ao serviço!

— Sente-se — disse o senhor chefe, levantando-se, e uma das folhas de palmeira se apoiou em sua cabeça. Ficou um tempo assim, seus olhos chorosos percorrendo o meu uniforme, então fechou um botão do meu casaco. — Bem, Hrma, você deve ter percebido que a nossa telegrafista não está mais aqui.

— A Zdenička Svatá![6] — eu disse.

— A Zdenička, sim. Svatá, nem tanto — bufou o senhor chefe. — Você não ouviu nenhum comentário na cidade?

— Nada, o que houve?

— Que estranho... Estamos a ponto de receber grupos de turistas para visitar o nosso controlador de tráfego! Como se ele tivesse quatro pernas! Duas cabeças! Trouxe uma bela fama à nossa quieta e pacífica estaçãozinha, uma bela fama!

— Isso sim o senhor controlador de tráfego Hubička sabe fazer — eu disse. — Quando eu estava de serviço em Dobrovice e o senhor controlador se encarregava da minha aprendizagem, toda a linha ia vê-lo... Isso foi quando ele quebrou o sofá do chefe da estação com uma dama...

— Um desses sofás austríacos, com tecido encerado? — o senhor chefe arregalou os olhos. — Como este aqui?

— Exatamente igual — respondi.

[5] O significado literal de Miloš, um nome próprio bastante comum, é "querido"; já *hrma* é um termo antiquado que significa "monte púbico" (*mons pubis*), ou, por extensão, "pelos pubianos". (N. da E.)

[6] Zdenička é diminutivo do nome próprio Zdeňka; o significado literal de seu sobrenome, Svatá, é "Santa". (N. da E.)

— Miloš, sente-se — o senhor chefe disse com uma voz mais calma. E ele mesmo sentou-se a cavalo no outro tamborete e levou a mão ao ouvido.

— Foi assim, já havia partido o último trem de passageiros da noite — eu disse no ouvido do chefe da estação —, e desde o fim da tarde estava conosco na sala do controle uma senhora muito encantadora que fumava cigarros e bebia vinho. E por volta da meia-noite o controlador de tráfego Hubička me disse: "Miloš, você é apenas um aprendiz, mas eu confio em você. Irá ocupar o meu posto por umas duas horas". E assim eu fiquei tomando conta de tudo, e o controlador Hubička levou a mulher para o escritório do senhor chefe da estação. E eu grudava a orelha na porta do escritório e ouvia: "Gatinha, o corpo precisa disso, o corpo está pedindo...".

— Imundo, até mais que imundo! Porco!

O senhor chefe se levantou e olhou pela janela, passando pelas pombas que faziam mesuras e arrulhavam, para a plataforma, onde estava o controlador de tráfego.

— Se ao menos pudessem enxergar sua natureza depravada! — gritou o senhor chefe, e o controlador de tráfego Hubička enfiou um dedo na orelha e o chacoalhou como se tivesse água no ouvido.

— Já se sabe, quem come calado... — eu disse. — Mas à uma da manhã, depois de o cargueiro levar os vagões de açúcar, comecei a escutar e ouvi, vindo do escritório do senhor chefe, um som semelhante ao de um vagão-caixão sendo arrastado... E depois um estrondo! Entrei correndo no escritório do chefe da estação e a mulher estava deitada no sofá, pelada, com as pernas abertas, assim! E o controlador de tráfego Hubička estava esticado no chão, só de cueca, igual aquela imagem do soldado, na nossa igreja, quando abrem o Santo Sepulcro. E ele me disse: "O taco espirrou, Miloš. Caí do altar do amor...".

— Essa hiena carniceira! — gritou o senhor chefe, e apoiou-se no peitoril da janela e fitou o controlador de tráfego, que estava parado na plataforma com os pés bem afastados, olhando o céu.

— E de que maneira estava deitada a meretriz no sofá do chefe da estação, de que maneira? — virou-se o chefe da estação.

— Se me permite, posso mostrar — eu disse, indicando o sofá de tecido encerado, e dei um salto, fiz uma volta no ar e caí de costas no sofá. O senhor chefe se inclinou sobre mim e ameaçou:

— Se quiser chafurdar com as putas, faça-o na sala de espera, não no sofá do seu chefe de estação!

— Pois o único que pode se sentar no sofá do chefe da estação é o senhor chefe da estação — respondi.

— Você mesmo sabe, mas para aquele imundo mais que imundo não existe nada sagrado! — gritou.

E eu me sentei e disse:

— Mas senhor chefe, isso não é tudo, veja só! — peguei-o pela manga e lhe indiquei: — Aqui, mais ou menos neste lugar, o tecido encerado rasgou de uma ponta a outra.

— Rasgaram o sofá! — gritou o senhor chefe —, rasgaram de lado a lado o sofá do chefe da estação. Mas isso é porque não há nada que esteja acima dos homens! Nem Deus, nem o mito, nem a alegoria, nem o símbolo... Estamos sós neste mundo, por isso tudo é permitido. Mas não para mim! Para mim, Deus existe! Mas para esse imundo mais que imundo só existe porco assado, chucrute, bolinhos...

E o senhor chefe parou de falar, apenas respirava, bufava, olhando para a plataforma e para as costas do controlador de tráfego Hubička.

— É um demônio — disse depois de um tempo. — Um sujeito que há dez anos já poderia estar chefiando alguma estaçãozinha de uma via, mas continua sem ter nenhuma estrela... Quando o querem promover, logo faz alguma burrada; já eu, estou sempre sendo promovido.

— Ouvi dizer — eu disse — que o senhor vai ser promovido a inspetor das ferrovias do Estado.

— Devo ser.

— Ah, então em vez de três estrelas o senhor terá só uma, mas com o galão de inspetor! — exclamei.

— Isso mesmo, Miloš — disse com ar sonhador o senhor chefe. — Dou semelhante exemplo — disse, e abriu o armário, tirando dele uma camisa que já ostentava o galão bordado com a estrela de diamante —, dou semelhante exemplo e é como se atirasse pérolas aos porcos.

— Um inspetor assim — perguntei — vem a ser nas ferrovias como um comandante no exército, não é mesmo?

— Isso mesmo, Miloš — disse o chefe da estação.

E pela via número um passou um longo trem de carga, ia a toda a velocidade, e os eixos, ao passar pelas juntas dos trilhos, emitiam regularmente um ruído profundo. E o senhor chefe ajeitou com cuidado as bordas e as mangas da camisa no armário para que a porta não as amassasse. Depois pegou a lata de alpiste, abriu a janela, e as pombas polonesas entraram voando no escritório, brigaram no ar para ver qual pousaria em seu ombro, e assim todas pousaram no chefe da estação como se ele fosse uma estátua ou um chafariz; faziam-lhe mesuras e afagos, quase não se importavam com o alpiste, estavam mais interessadas em suas carícias, bicavam seu rosto, mas com tanta ternura, como se fossem suas filhinhas pequenas. O trem de carga levou seu bramido embora. Esse estrépito sempre acompanha o trem em movimento, como nos tempos de paz os trens noturnos são acompanhados pelos quadrados e retângulos das janelas iluminadas.

— E o que é que o senhor controlador de tráfego poderia ter feito com a Zdenička, hein? — perguntei.

— Bestialidades — disse o senhor chefe da estação, sorrindo e permitindo que as pombas bicassem seus lábios —, um animal seria incapaz de fazê-lo. Mas não quero mais me aborrecer por causa dele, Miloš, agora já está tudo nas mãos da comissão disciplinar de Hradec. Para resumir, o senhor controlador de tráfego Hubička prostrou a Zdenička durante o turno da noite e depois ergueu sua saia e foi imprimindo, um depois do outro, os carimbos da nossa estação no traseiro da telegrafista. Até o carimbo de data! E quando a Zdenička chegou em casa, de manhã, sua mãe leu todos os carimbos e veio correndo dizer que ia prestar queixa com a Gestapo.[7] Por isso, Miloš, tive que abrir um processo. Um horror! E a Zdenička teve que se apresentar imediatamente na direção, e lá o próprio diretor das ferrovias do Estado contemplou os carimbos! Um horror! — exclamou o senhor chefe, e as pombinhas caíam de seus braços estendidos e batiam as asas para manter o equilíbrio.

E ao redor do cercado da nossa estação, lá do outro lado, a senhora condessa Kinský chegava a galope num garanhão negro, depois de ter percorrido a fazenda, galopava como se estivesse unida a ele. E o chefe da estação saiu para a plataforma com suas pombas polonesas, fez uma mesura à galopante senhora condessa, que atravessou os trilhos e parou na frente da estação, e desceu do garanhão com muita suavidade, suas calças de montar só roçaram a sela de couro, e depois o chefe da estação beijou sua mão e, carregado de pombas polonesas, foi caminhar com ela, e a senhora condessa não estranhava nem um pouco as pombas, como se fossem a coisa mais natural do mundo, e ela mesma lhes oferecia a luva para que pousassem enquanto conversava com o senhor chefe.

[7] Abreviação de Geheime Staatspolizei, a polícia secreta da Alemanha nazista, que atuava também nos territórios ocupados. (N. da E.)

O controlador de tráfego Hubička não conseguia tirar os olhos da condessa.

— Miloš, sabe do que eu gostaria? Gostaria de me transformar nessa sela de montar — e apontou para o garanhão negro e sua sela, depois cuspiu, riu, e disse em tom confidencial: — Miloš, eu tive um sonho belíssimo. Sonhei que me transformava numa paleteira e a senhora condessa me pegava pelo braço e me puxava para o depósito — e voltou a lançar um olhar lascivo para a senhora condessa, para as pernas dela, enquanto ela caminhava com o chefe da estação na direção do depósito de grãos, o "liverpul", e o senhor chefe estremeceu de tal forma com alguma notícia que a senhora condessa devia ter acabado de lhe dar que as pombas abandonaram assustadas os seus ombros, alçando voo. E a senhora condessa estendeu a mão para o senhor chefe da estação e ele a beijou respeitosamente, depois quis ajudá-la a alcançar os estribos, mas a senhora condessa o deteve com um gesto e saltou sobre o garanhão negro, abrindo as pernas por um instante, e o senhor controlador de tráfego Hubička esfregou os lábios com as costas da mão e declarou:

— Essa aí sim é um bundão — e cuspiu.

E a senhora condessa deixou a estação a galope, o garanhão negro voou sobre a neve que reluzia com o sol rosado. O senhor controlador de tráfego Hubička dividia as mulheres em duas categorias. As que eram protuberantes da cintura para baixo ele chamava como à condessa, "bundão". As que o eram da cintura para cima e tinham seios muito bonitos, chamava de "tetão". Dizia também jubão, zoião, balão, e assim por diante.

O chefe correu irritado até a porta da estação e ciciou:

— Hubička, até a senhora condessa Kinský já sabe!

Ao chegar à porta ele virou o rosto e meneou a cabeça com ar de extrema gravidade, depois subiu as escadas direto para a cozinha, onde a primeira coisa que fez foi bater algumas vezes a cadeira no chão, até cair gesso do teto na sala do controle, e então gritar para o fosso de ventilação:

— É a maldição deste século do erótico! Tudo é ultraerotizado! Não há nada além de estímulos eróticos. Os adolescentes e até as crianças se apaixonam por meninas que apascentam gansos! Tragédias sentimentais copiadas de livros e filmes eróticos! À prisão esses escritores, educadores e vendedores de livros e imagens pornográficas! Abaixo a imaginação depravada da juventude! Aquele lá esquarteja o cadáver da leiteira, e certamente teria esquartejado o cadáver de sua prima se não o tivessem impedido.[8] Na farmácia fica exposto um manequim em tamanho natural mostrando todo o interior dos quadris de uma moça. E os jovens olham com avidez! O ateliê de um pintor deixa a gente sem saber se não entrou num açougue onde se vende carne humana. Canibalismo! E aquela senhora Vranská dentro de uma mala, e agora procuram um homem loiro com um dente de ouro. Antes do crime ele comprou uma maçã australiana para ela no Automat Koruna.[9] Arre! É tudo carne! Assassinatos por luxúria até onde a vista alcança. Ao banco dos réus os professores que falam de fisiologia sexual! Quanto mais imoralidade e mais bem-bom, menos berços e mais caixões! — já com voz rouca, o senhor chefe da estação gritava da cozinha para o fosso de ventilação, que dava para a janela da sala do controle de tráfego.

[8] Alusão aos crimes do assassino serial Svatoslav Štěpánek (1911-1938), na época muito noticiados por jornais sensacionalistas. (N. da E.)

[9] Alusão ao assassinato de Otýlie Vranská (1911-1933), cujo corpo foi esquartejado e enviado de trem em duas valises para destinos distintos. O Automat Koruna era um restaurante de Praga frequentado por milhares de pessoas diariamente, em que os alimentos eram adquiridos diretamente de máquinas automáticas. (N. da E.)

Isso se devia ao fato de que o chefe da estação era membro da SocOrRO — Sociedade Organizada pela Regeneração da Ordem —, e além disso, quando a senhora condessa vinha reservar vagões para levar o gado aos matadouros, com frequência acusava o senhor chefe de ser homem de pouca fé, dizia que se a Igreja Católica desabasse o mundo inteiro desabaria. E o senhor chefe, quando passava perto de uma igreja, se estivesse de uniforme batia continência para a igreja, e se estivesse em roupas civis tirava o chapéu tirolês e lhe fazia uma reverência, murmurava algo em voz baixa, conversava com ela.

Soou um ruído no painel de controle e o disquinho vermelho começou a girar até ficar branco, eu tirei a chave do painel e corri para a plataforma, uma locomotiva apitava perto da entrada e o chefe da estação estava descendo as escadas como se não houvesse acontecido nada, como se ele estivesse purificado com os gritos que dera para o fosso de ventilação, como se ali fosse o muro das lamentações. Hubička contava que ele costumava gritar dessa maneira até com a mulher, e que ela suportava tudo — se bem que ela era filha de um açougueiro de Volary —, mas quatro vezes por ano ela se rebelava e, quando o chefe da estação gritava ainda mais alto sobre o que era uma mulher decente, a mulher do senhor chefe da estação atirava nele o que estivesse ao seu alcance. Certa vez, antes do Natal, quando ele começou a gritar, ela arrastou o chefe da estação até o toalete e lhe deu tamanha bofetada que ele foi parar dentro da banheira, onde nadava a carpa da ceia.

O senhor chefe da estação entrou no escritório e com um único olhar constatou que havia algo de errado com o tráfego.

— E então, meninos — disse em tom paternal —, tudo sob controle?

— Tinha um soldado parado no cruzamento — Hubička fez uma careta.

— É o trem rigorosamente vigiado? — ele arregalou os olhos.

— Aquele com três pontos de exclamação — eu disse.

— Vocês leram... — apontou para o decreto assinado pelo delegado plenipotenciário do Reich.

— Lemos — disse Hubička.

— E levaram em consideração?

— Consideramos e decidimos — sorriu o controlador de tráfego Hubička.

— Mas rapazes, isso pode ser classificado como sabotagem — o senhor chefe da estação meneou a cabeça e se dirigiu à plataforma.

Na locomotiva do comboio militar rigorosamente vigiado estava o pálido engenheiro Honzík, chefe do Betriebsamt,[10] que havia ido pessoalmente a Liboch para buscar o trem. E agora estava ali como refém, com um olhar servil e os dedos enlaçados em súplica, ele estava junto à janelinha da locomotiva, para que das janelas e portas nós víssemos em que confusão a nossa estaçãozinha o havia metido.

O senhor chefe da estação bateu continência, eu me aproximei dos trilhos e bati continência também. A locomotiva parou e desceram dois homens magros da SS,[11] com pistolas Parabellum nas mãos, e por um instante ficaram olhando para o meu quepe vermelho. Juntei os calcanhares e bati continência, mas eles colaram, cada um de um lado, os canos de suas armas nas pontas dos meus pulmões, e eu tive que subir pela escadinha da locomotiva, e o trem começou a se mover. E o que me pareceu estranho era que os dois SS eram bonitos, como se estivessem indo escrever poemas, ou jogar tênis, mas eles ficaram do meu lado na locomotiva, e perto

[10] Em alemão no original: "Departamento de Tráfego". (N. da E.)

[11] Sigla de Schutzstaffel ("Tropa de Proteção"), grupo de elite do Partido Nazista. (N. da E.)

do engenheiro Honzík estava o chefe do comboio, um capitão de gendarmes com um quepe de montanhês, ele tinha uma ferida cicatrizada posta sobre o rosto, que saltava a boca e continuava pelo queixo, e até o maquinista estava de uniforme, ele segurava a alavanca de câmbio e estava sentado numa poltrona estofada, aquela era uma locomotiva do Reich movida a carvão, e junto do assento do maquinista havia uma alavanca como as que ficam do lado das poltronas dos doentes quando o assento pode se transformar numa cama. E aqueles dois SS continuavam apertando nas pontas dos meus pulmões os canos das suas Parabellum, e seus olhos, imóveis como os canos, fitavam o capitão, que estava olhando a paisagem. Vi que numa casa de fazenda alguém havia aberto por curiosidade o alçapão e saído para o telhado de zinco, e agora levantava os braços como se estivesse se rendendo. Certamente haviam gritado alguma coisa do trem, certamente haviam apontado uma arma para ele, o homem do telhado tinha os braços erguidos como se fizesse um brinde ao sol, aquele era Jordán, o bobo do vilarejo, que pastava as vacas e, nas tardes de domingo, no verão, se entretinha colocando uma garrafa de cerveja numa rede de pesca e ficava sentado em seu barco, e de tempos em tempos pegava a rede e se servia de um copo de cerveja fresca, e depois ficava de pé no barco, como estava agora, no telhado, mas só de cueca, e com o braço erguido fazia um brinde ao sol, invocava o sol, soltava estrídulos: Eh! Eh! Eh!, e depois virava o copo de cerveja; vi também a mulher do senhor chefe da estação atrás da janela de sua cozinha, ela tinha os olhos divididos pela varinha de latão que sustentava as cortininhas, ela levantou os braços, e depois a locomotiva do trem rigorosamente vigiado passou ao lado do trem metralhado da via número cinco, eu voltei o olhar para aqueles dois, para ouvir o que eles diziam, mas eles me olharam como se eu mesmo tivesse metralhado aquele trem.

— *Du Arschlecker*[12] — sussurrou um dos SS.

— *Solche Schweine ist besser sofort schiessen*[13] — disse o outro.

— *Dreissig Minuten Verspätung*[14] — sibilou o primeiro, e pressionou ainda mais a Parabellum entre as minhas costelas.

Como havia sido diferente naquela vez, três meses atrás, em que eu saí à procura da minha morte. Eu me inclinei na direção do caixa, era noite, a moça do caixa tinha cabelos vermelhos, e eu disse: "Um bilhete!". Mas ela me reconheceu e disse: "Aonde vai, senhor controlador de tráfego?". Respondi: "Ao primeiro lugar em que os seus olhos pararem". Ela riu: "Como assim? Eu conheço esses bilhetes de cor". Respondi: "Sabe o que, senhorita? Olhe para mim e tire um bilhete com a mão esquerda". A jovem começou a rir: "Mas, senhor controlador de tráfego, eu consigo vender até no escuro". E ria, porque achava que eu estava brincando. Então eu respondi: "A sétima fila, então, sétimo escaninho, sete, assim como os judeus". Ela levou a mão até o lugar sem tirar os olhos de mim, e sem baixar os olhos disse: "Será para Bystřice u Benešov, e custará 27 coroas...".

A locomotiva tremia, ao longe as planícies brilhavam com a neve que derretia, e o tique-taque dos cristais coloridos não parava. Numa vala jaziam três cavalos mortos que os alemães haviam atirado de um vagão à noite. Simplesmente abriram a portinhola e atiraram os animais. Agora eles jaziam na vala ao lado dos trilhos, as patas estendidas para o céu como colunas sobre as quais descansava o invisível portal celeste. O engenheiro Honzík me fitava e seus olhos esta-

12 Em alemão no original: "Lambe-cu". (N. da E.)

13 "Melhor matar logo esses porcos." (N. da E.)

14 "Trinta minutos de atraso." (N. da E.)

vam cheios de tristeza e raiva, porque fora em seu setor que se atrasara o trem rigorosamente vigiado. E certamente o culpado era eu, por isso era justo que os SS me fizessem subir na locomotiva e aguardassem a permissão para pressionar os canos de suas Parabellum contra a minha nuca, dar um sinal e apertar o gatilho, descarregar a munição em mim e abrir a portinhola... Era exatamente isso que eu sentia, e no entanto pensava que não era verdade, que eles não seriam capazes, porque eram dois bonitões, e eu sempre tive medo de pessoas bonitas, nunca fui capaz de conversar direito com pessoas bonitas, eu suava, gaguejava, e de tanto que me impressionavam os rostos bonitos, de tanto que me deslumbravam, eu nunca consegui ficar olhando para um rosto bonito.

Mas o capitão era feio, aquela longa cicatriz que lhe talhava o rosto fazia parecer que ele tinha caído de cara num tacho enferrujado quando criança, e esse capitão agora olhava para mim. Ergui o braço e segurei numa espécie de alça que pendia do teto da locomotiva. Eu me permiti fazê-lo porque o capitão, no momento em que me viu, entendeu que eu era um palerma que só ficava parado junto aos trilhos, um palerma a quem a direção das ferrovias de Hradec Králové ordenou ficar junto aos trilhos levantando e abaixando braços de semáforo enquanto os exércitos do Reich ia e vinham por sua estação, primeiro rumo ao Leste e agora no caminho de volta. E eu disse para mim mesmo: Que seja, os alemães são uns loucos. Loucos perigosos. Eu também era um pouco louco, mas para prejuízo de mim mesmo; já os alemães, sempre prejudicando os outros. Uma vez eles pararam na via número cinco e todos os soldados foram à mercearia do vilarejo comprar comida, doces e cubinhos de mel artificial,[15]

[15] Atualmente chamado de "açúcar invertido", um xarope produzido a partir de hidrólise e catalisadores biológicos, num processo que se assemelha à produção do mel de abelha. (N. da E.)

quando um dos soldados tirou dissimuladamente o cubo de baixo, em que estavam apoiados os outros, e a pilha inteira desabou, e o comerciante os contou e constatou que faltavam cinco cubinhos de mel artificial, e o comandante pôs todos em formação e inspecionou o trem até cair a noite em busca dos cubinhos e, como não os encontrou, foi procurar pessoalmente o comerciante, bateu continência e se desculpou muito cerimoniosamente...

Era possível que fossem esses mesmos alemães que agora estavam comigo na locomotiva, podia ser que fossem eles.

O foguista me lançou uma piscadela jovial e depois começou a despejar carvão com a pá, primeiro jogava atrás, na grelha, depois no meio, com movimentos rítmicos, para fazer com que o carvão chegasse com a última pazada até a própria borda da grelha. E os olhos do capitão fitaram o meu pulso, onde eu também tinha uma cicatriz, o punho da minha camisa havia descido e o capitão olhou para aquela ferida cicatrizada como se eu fosse um livro. Era possível que o capitão já soubesse mais, que enxergasse as coisas de outro ponto de vista, seus olhos pareciam duas pedras de alúmen. E todos fitaram o meu pulso, o capitão pegou seu chicote e com ele baixou a minha outra manga e fitou a minha outra cicatriz.

— *Kamarad*[16]— ele disse.

Ele fez um sinal, e o comboio militar rigorosamente vigiado diminuiu a velocidade, e as duas Parabellum se afastaram das minhas costas, e eu não voltei a olhar para aqueles dois belos soldados, só olhava para o piso, para as placas metálicas sulcadas que não paravam de tremer enquanto a locomotiva sacolejava pelos trilhos.

[16] Em alemão: "Camarada". (N. da E.)

— *Geh*[17] — disse o capitão.

— Obrigado — sussurrei.

E ainda sem saber se aquilo era uma brincadeira, eu abri a porta, desci o primeiro degrau, e depois mais e mais para baixo, estiquei a perna e caí no chão como se dançasse ao estilo cossaco, mais um pulo e eu já estava de pé, e a locomotiva voltou a pegar velocidade, e passaram por mim vagões plataforma com tanques Tiger, uns soldados seguravam latas de conserva e tinham as mangas das camisas arregaçadas, espetavam pedaços de carne com suas facas e comiam, outros, com as armas automáticas sobre os joelhos, balançavam as botas como se molhassem os pés num riacho; sempre que um dos vagões me deixava para trás eu sentia que as minhas costas continuavam sendo um bom alvo.

O último era um vagão plataforma, e nele havia umas meias pretas de mulher penduradas, provavelmente das enfermeiras de algum hospital de campanha, mas eu continuava ao alcance das Parabellum, dos revólveres e das metralhadoras alemãs, porque com os alemães — agora eu sabia por experiência própria — você nunca sabe o que pode acontecer, a senhora Karásková, que mora do nosso lado, foi capturada pelos alemães no ano quarenta e só voltou no Natal do ano passado; durante todo esse tempo, esses quatro anos, ela ficou na Pečkárna[18] limpando o sangue depois das execuções, passou quatro anos limpando sangue, e o chefe dos executores era bondoso com ela, ele lhe dava presunto, pedia que ela cantasse "Olhos negros, por que choram?",[19] e lhe dizia "Por gentileza..." e "Perdão, o que estava dizendo?". E de repente

[17] "Vá." (N. da E.)

[18] O palácio Petschek, que durante a guerra serviu de sede à Gestapo em Praga. (N. da E.)

[19] "Černé oči, proč pláčete...?", canção folclórica. (N. da E.)

eles a deixaram ir para casa, para sempre, e também lhe escreveram uma carta de desculpas, mas a senhora Karásková ficou mal da cabeça, e no departamento de trabalho lhe deram um posto no depósito, puseram uma almotolia em sua mão e ela tinha que lubrificar e limpar as engrenagens das máquinas.

Eu me aproximava da curva dos trilhos, via de longe os doze cascos dos cavalos mortos apontando para o céu, como as colunas da cripta de Stará Boleslav.[20] Eu pensava em Máša, na primeira vez em que nos encontramos, quando eu ainda trabalhava com o mestre de linha, que nos deu dois galões de tinta vermelha e mandou que pintássemos a cerca de alambrados que rodeia todas as oficinas das ferrovias do Estado. Máša tinha acabado de começar a trabalhar ali, assim como eu, nós ficávamos de frente um para o outro, entre nós havia a cerca alta de alambrados, cada um tinha seu galão de tinta vermelha junto aos pés, cada um tinha o seu pincel, e cara a cara nós íamos pincelando e pintando a cerca, cada um de um lado, sempre rosto contra rosto, no total eram quatro quilômetros de cerca, e nós passamos cinco meses assim, todos os dias frente a frente, e Máša e eu falávamos de tudo, mas a cerca continuava entre nós; uma vez, quando tínhamos pintado dois quilômetros, eu pintei o alambrado na altura da boca de Máša com aquela tinta vermelha e disse que a amava, e ela, do lado de lá, pintou o alambrado do outro lado e disse que me amava também... e ela olhou nos meus olhos, e como estávamos numa valeta, cercados por arbustos altos de erva-sal, eu estiquei os lábios e nós nos beijamos através do alambrado pintado, e quando abrimos os

[20] A basílica de São Venceslau, em Mladá Boleslav, possui uma cripta românica com inúmeras colunas maciças de capitéis quadrados. A cripta se encontra no local onde foi assassinado São Venceslau, duque da Boêmia e padroeiro da Tchéquia. (N. da E.)

olhos ela tinha um losango vermelho ao redor da boca, igual uma xerequinha, e eu também, e nós começamos a rir, e dali em diante fomos felizes.

Quando cheguei aos três cavalos mortos, sentei na barriga de um deles e descansei a cabeça na sua pata. A cabeça de outro cavalo me fitava com um olho arregalado, como se aquele cavalo morto tivesse vivido comigo aquilo que poderia ter me acontecido alguns momentos antes.

Naquela vez, no hotelzinho de Bystřice u Benešov, eu subi a escada e um pedreiro vestido de branco estava trabalhando no patamar, ele batia com um formão para cravar dois grampos de metal na parede, nos quais depois pendurariam dois extintores Minimax, esse pedreiro já era velho, mas tinha costas tão enormes que precisou ficar de lado para eu passar, e depois começou a assoviar a valsa do *Conde de Luxemburgo*,[21] e eu entrei no quartinho, era de tarde, peguei duas navalhas de barbear e finquei uma das lâminas na fresta de um banquinho do banheiro, pus a outra do lado e comecei a assoviar a valsa do *Conde de Luxemburgo*, e então tirei a roupa, abri a torneira de água quente, refleti por um momento e, sem fazer barulho, entreabri a porta. O pedreiro estava do outro lado, no corredor, e era como se também tivesse entreaberto a porta e agora quisesse me olhar, ver o que eu estava fazendo, assim como eu queria olhá-lo. E eu encostei a porta devagar, me enfiei na banheira, tive que sentar bem lentamente, de tão quente que estava a água, e até gemi de dor, eu me sentei com cuidado e dor. Depois estendi o braço e com a mão direita fiz um corte no pulso esquerdo... depois bati com toda a força o pulso direito na lâmina fincada no banquinho. E enfiei os dois braços na água quente, vi o sangue escorrer devagar, a água ficando rosada, mas aquele san-

[21] *Der Graf von Luxemburgo* (1909), opereta de Franz Lehár (1870-1948). (N. da E.)

gue vermelho continuava a correr visivelmente, como se tivesse alguém puxando uma longa e elástica bandagem vermelha dos meus pulsos, um véu dançante... e depois fui ficando mais denso na banheira, assim como se tornava mais densa aquela tinta com a qual pintávamos a cerca ao redor de todas as oficinas das ferrovias do Estado, e por isso tínhamos que acrescentar aguarrás... e a minha cabeça desabou, e na minha boca entrou suco de framboesa, mas era ligeiramente salgado... e depois aqueles círculos concentrados azuis e roxos que ondulavam como espirais móveis e coloridas... e depois uma sombra se inclinou sobre mim e um queixo áspero roçou o meu rosto. Era aquele pedreiro vestido de branco. Ele me segurou por baixo e me apanhou como se eu fosse um peixinho vermelho de cujos pulsos nascessem barbatanas vermelhas. Eu descansei a cabeça na camisa dele e senti que o meu rosto molhado hidratava a cal virgem, e esse cheiro foi a última coisa que eu senti.

Eu estava sentado em cima do cavalo morto, a cabeça descansando na pata estendida que apontava para o céu, tocando os pelos finos que os cavalos têm nos cascos... e passou por mim um trem de carga apitando alegremente. Os vagões me faziam sombra, deixavam-me ritmicamente a descoberto, e eu estremeci, minha boca ficou cheia de saliva, porque o começo de tudo aquilo foi na casa do tio Noneman, no bairro Karlín, eu tinha ficado para dormir na casa do tio da Máša, arrumaram para mim o sofá do estúdio e me cobriram com uma manta, e por cima ainda puseram aquela lona que tinha uma fotografia de Praga e um avião que voava sobre ela, e no avião os clientes tiravam fotografias como pilotos ou espectadores, cabiam grupos inteiros de clientes animados naquela fotografia do avião, e depois, à noite, quando a casa dos Noneman já estava em silêncio, Máša veio e se enfiou embaixo da tela com o avião e me acariciou, apertou-se em mim, e eu também a acariciei, fui homem até o momento em que era para acontecer, mas de repente murchei e tudo acabou, Máša tentou me beliscar, mas eu estava imóvel, como se tivesse ficado paralítico de todos os membros... e depois de uma hora Máša deslizou para fora da tela e foi para o quarto da tia... e de manhã eu nem consegui encará-la, fiquei sentado como se fosse de pedra, os clientes chegavam, iam para trás daquela tela, sob a qual eu tivera à noite uma experiência tão ruim, um subia numa cadeira, outro numa escadinha, e o tio Noneman dava a cada um deles uma garrafa ou um funil, depois se enfiava embaixo da saia de seu aparelho, erguia o braço e fazia um sinal como se dirigisse uma orquestra, então saía de debaixo da saia e depois de cinco minutos trazia a fotografia, porque na entrada havia um grande letreiro: "Cinco minutos e pronto". E foi assim durante toda a manhã, até que chegaram dois soldados alemães, e quando um subiu na cadeira e o outro na escadinha, e o senhor Noneman pôs diante deles a tela com Praga e o avião, ouviu-se uma explosão sonora, e depois um vento percorreu o estúdio e derrubou a tela com o avião, e os dois soldados, e o tio, que estava se enfiando embaixo da saia, também caíram, mas isso ainda foi pouco, porque depois veio um enorme vendaval e eu vi uma parede inteira do estúdio sair voando, e o vendaval arrastou o tio e os dois soldados, trouxe a tia e a Máša do quarto, voando pelo ar, e durante o voo as duas queriam abaixar as saias mas não conseguiam, seus cabelos se reviravam e se agitavam e tapavam todo o céu, e todos caímos, e depois, como balões, continuamos caindo lentamente sobre o prado... e a última coisa que o vendaval trouxe foi o letreiro com a inscrição "Cinco minutos e pronto"... Umas pessoas passaram correndo pela avenida principal e então houve um longo silêncio, depois sirenes soaram e várias ambulâncias passaram, e então apareceram pessoas com roupas esfrangalhadas, elas riam como loucas, não paravam de rir e tombavam de costas no prado, jaziam de costas e o riso as fazia tremer... e um pouco depois chegou um homem que se virou e apontou em direção ao bairro de Vysočany e disse: "Um bombardeio terrível, minha gente!". E quando ele viu no prado o grande letreiro, repetiu com outro sentido o que estava escrito: Cinco minutos e pronto...

Passei por baixo da cancela e na via número cinco estava aquele trem de passageiros. O trem inteiro tinha sido metralhado, no primeiro vagão eu li a etiqueta "Destino. Escritórios do Estado. Estação de Partida: Cracóvia". Era assim que os guerrilheiros deixavam os comboios alemães nas proximidades do *front*, não tinha um único vagão com vidros nas janelas, estavam todos salpicados de tiros, as paredes de metal todas rabiscadas por metralhadoras, algumas destroçadas por granadas, outras, por projéteis de pequenos canhões montanheses ou por lançadores de granadas roubados do inimigo. Aquele modelo de vagão de passageiros já tinha saído de circulação fazia muito tempo, cada compartimento tinha portinholas dos dois lados e um estribo de pedestres ao longo de cada parede. Em quase todas as portinhas havia uma marca marrom de sangue. Olhei dentro dos compartimentos, sempre a mesma coisa. No chão, vidros quebrados, pentes, botões arrancados com pedaços de pano e tudo, a manga inteira de um uniforme militar, ceroulas ensanguentadas, um lenço empapado de sangue, peças de xadrez espalhadas, um tabuleiro de ludo, um espelho redondo, uma gaita, cartas cobertas de neve, uma longa bandagem e uma bola listrada de criança. Peguei uma das cartas, enfeitada pela pegada de um coturno cravejado. "Mein Lieber Schnucki Pucki!", a carta começava, e terminava com: "Deine Luise".[22] E uma marca de lábios de menina. Num canto, um coturno com o cadarço frouxo e a lingueta de fora ria para mim. No chão havia dois corvos mortos.

Quando eu voltei do hospital, fazia tanto frio, que no bosque que fica atrás da nossa cidadezinha, onde costumavam se reunir bandos de melros e corvos, as árvores estavam cobertas daqueles pássaros negros, que reluziam sob o sol gelado da manhã, e quando eu cheguei ao bosquezinho vi que havia milhares daqueles corvos pelo chão, ao redor de todas as árvores, como ameixas da Bósnia que tivessem caído de maduras... todo o bosquezinho estava cheio de mortos, até os que estavam nos galhos estavam mortos, congelaram enquanto dormiam. Eu golpeei com a sola do sapato o tronco de uma árvore, e de seus ramos e galhos caíram cristais de gelo e pássaros mortos, alguns roçaram meu ombro, mas eram tão leves como se uma boina tivesse caído em cima de mim.

Eu saltei do último degrau daquele trem que estava na via número cinco e olhei para o escritório. O senhor controlador de tráfego Hubička estava com os pés em cima da mesa do telégrafo, os braços cruzados, a cabeça caída com o queixo apoiado no peito, e dormia. Mas isso eu também sabia fazer, até eu dormia no trabalho quando tinha sono. De repente vem tamanho desejo de tirar um cochilo que é melhor dormir logo, na primeira oportunidade. Mas o sono dos controladores de tráfego durante o trabalho é conduzido por algum sistema especial de sinalização. O corpo dorme profundamente, mas na cabeça do ferroviário alguma coisa está desperta. Basta que toque o telégrafo e o bom ferroviário imediatamente se levanta, libera a alavanca da máquina, aciona o sinal de sua estação e volta a sentar e a adormecer no mesmo instante, profundamente, mas quando termina a

[22] Em alemão no original: "Meu amado docinho!", "Sua Luise". (N. da E.)

mensagem na fita branca do telégrafo o ferroviário acorda, dá o sinal de que foi recebido e entendido, acrescenta a identificação da sua estação usando a chave no telégrafo e então trava o aparelho, volta a sentar e continua dormindo. Um bom ferroviário aciona o sinal de entrada e adormece, mas ouve os passos de alguém que se aproxima, ouve quando a locomotiva do trem entra numa via isolada, e dali, da sala do controle, o que se ouve é pouco mais que um pequeno ruído, como se alguém tivesse deixado cair uma colherzinha de café. Mas o ferroviário acorda e vai trocar a sinalização.

E foi possível ouvir o senhor chefe da estação descendo a escada, o controlador de tráfego pôs os sapatos no chão e ficou de pé. O senhor chefe entrou com seu uniforme velho, certamente estava indo limpar o pombal outra vez, tinha as calças inteiramente brancas de excremento de pomba, as mangas também.

E eu entrei na sala do controle.

— O controlador de tráfego Miloš Hrma volta a se apresentar ao serviço! — eu disse. E logo em seguida apertaram minha mão e me deram umas palmadas nas costas, os olhos do senhor chefe ficaram cheios de água.

— Miloš, quantas vezes chamei a sua atenção... "tenha cuidado"? E volto a lhe dizer — ele disse, virando e apontando com o dedo a assinatura na circular —, o próprio delegado plenipotenciário do Reich, Danko, declarou em Hradec que não hesitaria nem por um instante! Que mandaria fuzilar um bom número de ferroviários tchecos! — ele meneou a cabeça, uma ave que cambaleava pela plataforma arrulhou e um bando de pombas polonesas veio voando até a porta da sala.

Um trem de carga chegava à estação. O senhor chefe saiu para a plataforma e as aves levantaram voo, pousaram em seus ombros e em sua cabeça, e ele teve que estender os braços, e as pombas descansaram neles como fariam numa estátua de praça. O senhor chefe da estação gostou de ver que o chefe do trem e sua equipe o olhavam, o maquinista parou de limpar as mãos e também ficou olhando o senhor chefe, que passeava, carregando consigo aquele bando de aves, que para se equilibrar batiam as asas sem parar.

— Nos deram um péssimo carvão — disse o maquinista —, já é a segunda vez que precisamos fazer vapor.

— E o senhor, senhor maquinista, continua pintando? — perguntou o controlador de tráfego.

— Continuo — assentiu o maquinista —, agora estou pintando o mar. Meu Deus, esse seu chefe de estação podia pegar essas pombas e ir se apresentar num circo.

— Ou num teatrinho de bonecos de batata — disse o controlador de tráfego. — Então o senhor começou a pintar o mar...

E eu estava na plataforma e observava o chefe do trem com sua equipe e o foguista, e logo me dei conta de que eles tinham parado só para contemplar o controlador de tráfego Hubička, para ver se era perceptível o que se dizia dele, que durante o plantão noturno ele tinha levantado a saia da telegrafista e estampado o traseiro dela com os carimbos da estação.

— Sim, o mar — respondeu o maquinista, fitando o controlador de tráfego com olhos cheios de admiração. — Amplio o mar dos cartões-postais.

— E não gostaria de pintar na natureza, ao ar livre? — perguntou o controlador de tráfego.

— Não quero saber da natureza, ela se mexe demais — disse o maquinista, e riu, virou-se para o vagão de frenagem e piscou um olho para os colegas; todos riram. — Se eu seguisse a natureza, teria que fazer tudo menor. Só uma vez caí na armadilha da natureza, pedi emprestado à escola uma raposa empalhada, levei para o bosque e fiz um arranjo com folhas caídas, mas antes de eu começar a desenhar vieram dois cães e destroçaram a raposa! Me custou trezentas coroas! Me poupe dessa conversa de natureza!

Mas o controlador de tráfego Hubička estava olhando para o céu azul, e agora eu também via que naquele céu, ao longo de toda a abóboda celeste, estava deitada a nossa telegrafista Zdenička, e o senhor controlador levantava a saia dela com ternura, depois pegava um carimbo atrás do outro e carimbava o traseiro da telegrafista com movimentos demorados... e eu vi que toda a equipe do trem e da locomotiva estava olhando para o céu, e todos viam a mesma coisa, aquele belo acontecimento que os tinha levado a parar aqui, com a desculpa de fazer vapor.

Quando ficaram satisfeitos de tanto observar o céu azul, olharam assombrados para o controlador de tráfego Hubička, que de repente ficara belo. Até as rugas perto da boca e as pernas um pouco tortas lhe caíam bem. Compreendi que para as mulheres o controlador de tráfego tinha um certo charme.

— Sabem como faço para copiar o mar de um cartão-postal? — perguntou o maquinista. — A tela que uso para pintar, eu a prendo numa morsa, depois coloco o cartão-postal na bancada e copio. Mas a minha mão é desajeitada, não consigo transferir para a tela a ondulação correta, aquela força do mar que se vê no postal.

— Senhor Kníže[23] — disse o controlador de tráfego Hubička —, prenda também o cartão-postal na morsa, bem colado à tela, e depois pegue o pincel e faça assim sobre a ondulação do cartão... faça assim sobre as ondas com o pincel até pegar o jeito, e depois vá fazendo ondas cada vez maiores, e quando estiverem do tamanho necessário, ponha as ondas direto na tela.

[23] O significado literal de *kníže* é “marquês”. (N. da E.)

— Você tem cada ideia...! — espantou-se o maquinista.

E eu corri para o escritório, o telefone estava tocando, eu ouvi o senhor chefe da estação fingindo ralhar com as pombas polonesas, agora todas elas estavam com ele no pombal, e um dia eu gostaria de me esconder no pombal e ficar olhando por uma fresta o que o chefe da estação faz ali com as pombas. Tinha a impressão de que as pombas até riam, de que o chefe da estação lhes passava um sermão, e até de que, quando uma pomba se comportava mal, ele a pegava e lhe dava uma palmada no traseiro... E eu tinha o fone de baquelite colado à orelha e olhava para a plataforma, onde os homens estavam sob o sol, agora o maquinista estava inclinado e sussurrava alguma coisa no ouvido do controlador de tráfego, mas quando olhei para o lado, para os vagões destinados ao transporte de carvão, tomei um susto. De um vagão sobressaíam chifres de boi, umas quantas cabeças se esticavam e dirigiam seus olhos para a plataforma, eram grandes olhos bovinos, cheios de curiosidade e tristeza. E no chão de quase todos os vagões tinha um buraco, e por esse buraco saía uma pata de vaca, esfolada, imóvel, azulada... Isso eu não suportava, eu detestava quando transportavam bezerros famintos e o trem ficava parado na minha estação, eu ao menos enfiava os dedos pela porta entreaberta do vagão para que eles sentissem a ilusão de uma teta por uns segundos, isso eu não suportava! E também os vagões de cabritos, que os açougueiros transportavam com as patinhas amarradas de tal modo que gangrenavam, eu detestava, e quando, durante as geadas, transportavam porcos em vagões plataforma para os matadouros de Praga, com as cabecinhas juntas, porcos que tinham medo de se mexer porque com um único movimento lhes fugiria ainda mais o calor, porcos com as patinhas geladas, com casquinhos de porcelana! Ah, isso eu nunca suportei! E nem quando, nos dias calorentos do verão, traziam da Hungria, sem água, todo um trem de porcos com os focinhos abertos, tão abertos pela sede como o bico de um pássaro que está morrendo de sede...

Saí correndo da sala do controle.

— De onde vem essa carga? — perguntei ao chefe do trem.

— Do *front*. O gado está viajando há dez dias — e fez um gesto de impotência com as mãos.

Eu saltei para a plataforma do vagão e olhei para baixo. Todo aquele gado estava com lamparão, alguns animais estavam mortos, da anca de uma vaca pendia um bezerro morto, apodrecendo... E por todos os lados nada além de pares de olhos silenciosamente recriminatórios, olhos martirizados, e diante desses olhos eu agarrei a cabeça em desespero. Todo um trem de recriminatórios olhos de gado.

— Esses alemães são uns porcos! — eu gritei.

O chefe do trem fez um gesto de impotência e gritou:

— Porco é pouco! Os três últimos vagões estão cheios de ovelhas já quase mortas... Devoram a lã umas das outras, de tanta fome!

— Já temos vapor — disse o maquinista e acrescentou em voz baixa: — Vocês ouviram? Ontem à noite os guerrilheiros explodiram um trem rigorosamente vigiado perto de Jihlava, e com tanta habilidade que ele caiu inteiro num precipício, e com uma segunda explosão fizeram a ponte desabar sobre o trem.

E ele subiu na locomotiva, puxou a alavanca e o trem de carga começou a andar, levando aqueles vagões dos quais assomavam os chifres e os olhos das vacas, vagões dos quais se projetavam patas esmagadas, despeladas e machucadas, que arrastavam nos dormentes. E atrás do depósito de grãos, do "liverpul", ao lado da rampa, tinha dois vagões que foram trazidos de manhã pelo expresso cargueiro, vagões destinados aos matadouros de Praga.

Depois passaram dois comboios militares rigorosamente vigiados, carregados de tanques, todos Tiger, e em cada trem havia um comandante na locomotiva, certamente uma consequência do trabalho dos guerrilheiros nos arredores de Jihlava. E do vilarejo os vaqueiros traziam o gado e torciam os rabos das vacas que resistiam. Uma vaquinha desesperada deitou na estrada e os vaqueiros puseram palha sob o rabo dela e tocaram fogo. Depois veio uma carroça da fazenda, e os cavalos esticavam os arreios, porque atrás vinha amarrado um touro, ele tinha os joelhos quebrados e as narinas rasgadas, porque tinha arrancado a argola do seu focinho. Agora ele estava amarrado pelos chifres à carroça que o arrastava. Aquele touro devia ter percebido tarde demais que a moça que o levou para fora e o entregou aos carniceiros o estava traindo com o perfume de sua saia, ao qual ele estava habituado, e ao qual seguiria até o fim do mundo. Agora o carro o arrastava pela neve derretida da estrada, e os joelhos ensanguentados iam deixando duas linhas vermelhas para trás.

— Miloš — disse o controlador de tráfego Hubička, e me fez virar para ele, segurando-me pelo queixo —, o que você fez ali, na locomotiva dos SS, aquilo eu jamais esquecerei. Você segurou a minha bronca.

Então tocou o telefone da cabine do agulheiro.

— Os alemães são uns porcos — eu disse.

Peguei o telefone. Levei um susto.

— Senhor controlador de tráfego, o braço do semáforo caiu.

— A quem havíamos liberado a passagem? — ele perguntou.

— Ao expresso cargueiro.

— Que coisa estúpida — ele disse.

— Senhor controlador de tráfego — eu digo —, irei até lá de bicicleta e manterei o braço na posição de via livre.

Saí correndo e pedalei pela trilha que passa ao lado do "liverpul" em direção ao mastro do semáforo, subi pelos ganchos, sentei-me a cavalo nele e levantei o braço do sinal, e a locomotiva do expresso já se aproximava, levando comida e bebida para os oficiais no *front*, e também a correspondência, aquele era um cargueiro que passava a largo das estações, sobre ele só tinham prioridade os comboios militares rigorosamente vigiados, e o maquinista se abaixou para acionar o freio quando me viu em cima do semáforo, mas eu peguei a lanterna de serviço e com a luz verde dei o sinal de via livre, e ele voltou a acelerar, e o comboio expresso de vagões de carga passou voando e me cobriu de fumaça, foi só depois de um tempo que pude ver direito o controlador de tráfego ali, parado, observando os eixos que se moviam enquanto a locomotiva fazia a neve rodopiar e a arrastava atrás de si, e o último vagão ainda sugava o turbilhão de neve, enfeitado com galhinhos e pedacinhos de papel...

E depois chegou a pausa para o almoço, eu esquentei no fogão a sopa na marmita azul, dei o sinal de entrada para um auto de linha, o controlador de tráfego esticou as pernas sobre a mesa do telégrafo e ficou observando pela janela o céu azul.

— Não disseram quem está vindo no auto de linha? — perguntou.

— Disseram que é o mestre de linha — respondi, e mexi com a colher o conteúdo da marmita. Depois a porta se abriu sem ruído e alguém entrou, só vi calças cinzas, sapatos brilhantes, um casaco de inverno.

— Parece que vocês se divertem bastante aqui — disse o recém-chegado.

— Parece — respondi, e continuei sorvendo a sopa, e o senhor controlador de tráfego Hubička continuou observando o céu com os pés na mesa do telégrafo.

— Sabem quem sou eu? — perguntou o recém-chegado.

— Sei — respondi —, veio buscar o documento de remessa, você cuida do gado.

— Talvez — disse o recém-chegado. — Onde está o senhor chefe da estação?

— No pombal — respondi.

O recém-chegado soltou um grito assombroso.

— Isto aqui é um pombal, mas sabem quem sou eu? — voltou a perguntar, e ele mesmo respondeu: — Sou o chefe de tráfego Slušný![24]

E eu já tinha visto e ouvido que alguns controladores de tráfego e chefes de estação, só de ouvir falar de Slušný, já começavam a tremer. Dei um pulo com a marmita e a colher numa mão, com a outra bati continência, e me apresentei:

— O aprendiz Miloš Hrma se apresenta ao serviço!

— Largue essa marmita! — gritou o chefe de tráfego e deu uma tapa na marmita, que caiu no chão, e o chefe de tráfego lhe deu tal pontapé que ela voou com estrondo para baixo do armário. Eu fiquei de pé em posição de sentido, mas o controlador de tráfego Hubička continuava sentado na cadeira com os pés na mesa do telégrafo, como se estivesse paralisado pelo terror que o chefe de tráfego inspirava. E sob a janela eu vi passar o senhor chefe da estação, que entrou na sala tal como estava, tal como saíra do pombal, sem o quepe, e agora batia continência e apresentava a estação.

— Descansar — disse em voz muito baixa o chefe de tráfego, e então examinou atentamente o casaco velho do uniforme do senhor chefe da estação, cheio de excremento de pomba, ateve-se com deleite ao único botão do casaco, deu uma volta ao redor do senhor chefe, observando suas calças imundas.

— Pensei que... — disse o chefe da estação.

[24] O significado literal de *slušný* é "decente", "bem-comportado". (N. da E.)

— Quer dizer que ele também pensa? — me perguntou em voz baixa o chefe de tráfego.

— Sim — respondi.

— Sim? — estranhou o chefe de tráfego. — Você tem ciência de que eu propus que este adjunto sênior fosse promovido a inspetor de tráfego?

Dei de ombros.

— Ouça, o senhor gostaria de ser inspetor de tráfego? — ele perguntou ao chefe da estação, sobre o qual flutuava uma pluminha.

— Gostaria — suspirou o chefe da estação, e a pluminha subiu e ficou pairando sobre a sua testa.

— E o que acha de cuidar de gansos?

— Não gostaria — suspirou o chefe da estação, e a peninha voltou a subir, como um pontinho de interrogação branco.

— Logo falaremos disso em Hradec. Mas que é uma estação engraçada, isto é verdade! — vociferou o chefe de tráfego, e com um golpe varreu da mesa os sapatos do controlador de tráfego. E disse:

— Sabe quem está no auto de linha? Uma comissão que veio decidir se denunciaremos este senhor por delito de restrição à liberdade individual... ou se apenas abriremos um processo disciplinar — e apontou para o controlador de tráfego Hubička.

O chefe da estação abriu a porta do seu escritório, mostrou o belo tapete persa com flores vermelhas e azuis, a mesa de mogno, a palma que abria suas folhas como uma sombrinha, a mesinha turca e os tamboretes, mas o chefe de tráfego fez um gesto depreciativo com a cabeça.

— O fruto não cai longe do pé.

Depois entrou o conselheiro Zednicek, que trouxe uma pasta com documentos e espalhou uma série de fotografias na mesa do telégrafo, fotografias de todos os carimbos que estamparam o traseiro da telegrafista Zdeňka Svatá. E o senhor chefe da estação não parava de pedir que lhe permitissem trocar de roupa, de dizer que tinha um uniforme impecável, mas o chefe de tráfego Slušný não deixava, pois o senhor chefe deveria redigir a ata. Depois entrou a própria Zdenička, que eu nem reconheci, parecia que agora, depois dos carimbos e do escândalo, ela estava nos trinques, bem mais bonita, seus olhos haviam ganhado profundidade, e minha cabeça ficou atordoada quando ela me estendeu a mão e riu ao me ver, quando me disse que provavelmente ia virar atriz, que o pessoal do cinema já estava interessado nela. O conselheiro Zednicek primeiro abriu um mapa de bolso da Europa, para analisar e explicar a situação militar dos exércitos do Reich. Quando ele abriu o mapa, vimos que tinha um monte de buracos. Deviam-se ao fato de que o conselheiro Zednicek carregava aquele mapa no bolso, e os ângulos das dobras tinham se esfarrapado. Mas cada um daqueles buracos era do tamanho da Suíça. E Zednicek expôs a situação nos Cárpatos, onde lutava o quinto exército de Von Mansfeld, uma tropa na qual também lutava seu filho, Břetislav Zednicek, mas naquele mapa o quinto exército ainda estava num buraco, já fazia uma semana que se metera nele, continuava sem sair daquele poço no qual lutava o filho de Zednicek, que, assim como o pai, mal falava alemão e tivera que trocar a grafia do seu nome para se filiar ao partido.[25] E o conselheiro Zednicek continuava explicando, desenhava a lápis, naquele pequeno mapa, círculos que na realidade eram grandes como o Mar Negro, e aqueles círculos eram os cercos com que as tropas do Reich logo começariam a bloquear seus inimigos, o lápis do conselheiro Zednicek traçava o deslocamento dos exércitos do Reich pela Ásia Menor até a Áfri-

[25] A grafia em tcheco é Zedníček (diminutivo de *zedník*: “pedreiro”). (N. da E.)

ca, e ali ele cercou as tropas inglesas, e depois, através da Espanha, chegou à retaguarda dos exércitos americanos, e com isso o conselheiro Zednicek passou a falar da situação do Protetorado,[26] onde estava começando uma mobilização total,[27] que se manifestaria em medidas que simplificariam o ensino, fechariam museus e galerias de arte e fariam alguns trens deixar de circular, e os esportes só seriam praticados aos domingos.

— Este traseiro é seu? — ele perguntou, mostrando uma fotografia a Zdenička.

— Sim — ela disse e sorriu.

— Quem estampou a senhorita com os carimbos da estação? — perguntou o conselheiro Zednicek, enquanto o senhor chefe da estação ia transcrevendo.

— O senhor controlador de tráfego Hubička — ela disse.

— Então conte, Zdeňka Svatá, como tudo aconteceu — disse o conselheiro Zednicek.

— Estávamos os dois no plantão noturno, por volta da meia-noite comecei a fazer as unhas, e, como não passavam trens, ficamos entediados — disse Zdenička, olhando para o teto.

— Devagar — disse o senhor chefe da estação.

— E depois o senhor controlador de tráfego disse: vamos brincar de trava-língua, quem perder paga castigo... Trazei três pratos de trigo para três tigres tristes. A aranha arranha a rã. A rã arranha a aranha... E eu fui perdendo, primei-

[26] O Protetorado da Boêmia e Morávia, criado após a anexação parcial da Tchecoslováquia pela Alemanha nazista, em março de 1939. (N. da E.)

[27] Em alemão, *Totaleinsatz*: mobilização das forças de trabalho dos territórios ocupados para a Alemanha, onde eram submetidas a trabalhos forçados. (N. da E.)

ro perdi os sapatinhos, depois a calcinha... — explicava a telegrafista, enquanto observava o movimento do lápis com que o senhor chefe anotava o seu depoimento.

— E quem as tirou? — perguntou o conselheiro.

— O senhor controlador de tráfego Hubička... — ela disse e sorriu.

E o controlador de tráfego estava sentado na cadeira com as pernas cruzadas, o quepe apoiado no joelho, sua calva brilhava, e os funcionários da diretoria, que tinham vindo de Hradec, fixavam o olhar em sua careca e depois na bela telegrafista, e suspiravam, balançavam a cabeça, e depois, com mais empenho ainda, investigavam o caso, procurando obter provas concludentes do delito de restrição à liberdade individual. E eu estava fazendo o meu serviço, colocava os sinais das vias em posição de passagem e depois em posição de parada, notava que o controlador de tráfego prestava atenção em todos os trens que passavam pela estação, que ele me supervisionava, o controlador de tráfego Hubička sempre foi o meu ideal, já o era em Dobrovice, onde ele foi meu instrutor, e ele conseguia regular o cruzamento de dois trens com uma só mão, e com a outra telegrafava a outra estação para anunciar a chegada de uma carga. E ele agora estava ali sentado como se estivesse diante de um tribunal, e eu sentia que tanto o chefe de tráfego como o conselheiro Zednicek teriam gostado de fazer com Zdenička aquilo que o controlador de tráfego Hubička fez, mas eram covardes demais, como todo mundo, tinham medo, e o único que não tinha medo era o senhor controlador de tráfego Hubička, que agora estava ali sentado desfrutando de sua fama.

— Agora preste atenção, senhorita Zdeňka Svatá, atenção — aprumou-se o conselheiro Zednicek: — Antes de o senhor controlador de tráfego fazer a senhorita se deitar em cima da mesa do telégrafo, ele a pressionou de alguma forma? Ele a ameaçou? Fez uso de violência?

— Nada! Eu fiz tudo porque quis. Eu mesma me deitei... De repente fiquei com vontade de me deitar ali... ver o que ia acontecer... — riu a telegrafista.

— ... ver o que ia acontecer... — murmurava o chefe da estação enquanto escrevia.

Corri para a plataforma. Pela via principal passava outro trem rigorosamente vigiado, jovens rapazes tomavam sol em cima dos tanques, eram como eu, alguns mais jovens ainda, e brincavam ao sol com uma bola verde, e em cima de outro tanque estavam cantando "*Ich hab mein Herz in Heidelberg verloren...*",[28] mas quando passaram por aquele trem metralhado na via número cinco ficaram calados, imóveis, qualquer um que passasse por aqueles vagões metralhados, destinados às oficinas de reparo, qualquer um ficaria petrificado, até os cozinheiros paravam de descascar suas batatas, certamente aqueles soldados tinham visto coisas piores em sua terra, cidades e casas destruídas, montes de mortos, mas aqui, provavelmente não esperavam já dar de cara com algo assim.

Eu entrei na estação e anunciei a passagem do trem. O conselheiro Zednicek estava de pé ao lado da janela.

— Lá vai a nossa esperança. A nossa juventude. Para lutar por uma Europa livre. E o que vocês fazem aqui? Ficam carimbando o traseiro da telegrafista! — ele disse, e voltou à mesa, examinou as fotos e as pôs de lado.

— Evidentemente nos equivocamos — disse ele —, não houve restrição à liberdade individual... Mas trata-se de um insulto à língua alemã, à língua oficial do Estado! — levantou-se e golpeou a mesa com o punho. — Metade dos carimbos tem palavras em alemão! E isso é uma profanação!

[28] "Perdi meu coração em Heidelberg...", canção alemã muito popular na década de 1920. (N. da E.)

Eu saí para a plataforma, dei o sinal de passagem a um trem-enfermaria que vinha do *front*, um expresso convertido em hospital. E naquela enfermaria militar que eu observava, a coisa mais estranha eram os olhos humanos, os olhos daqueles soldados feridos, como se a dor do *front*, aquela dor que eles haviam causado aos outros, e que esses outros, por sua vez, haviam causado a eles, como se ela os tivesse tornado pessoas diferentes, porque esses alemães eram mais simpáticos do que os que iam no sentido contrário, todos olhavam a paisagem insípida pela janelinha, e com tanta atenção, e com uma expressão tão infantil, como se passassem pelo próprio paraíso, como se a minha pequena estação fosse uma joalheria, olhavam-na do mesmo modo como o controlador de tráfego Hubička olhava o céu. Aqueles doentes amarelados me olhavam todos com o mesmíssimo interesse, alguns só tinham a cabeça virada, outros precisavam segurar uma barra que pendia do teto, outros eram ajudados por uma enfermeira, e a enfermaria seguia seu caminho rumo à pátria, cheia de camas brancas, decoradas com punhos amarelos cerrados e rostos amarelos de olhos infantis. E o último vagão daquele carro-hospital era aberto, ali dois enfermeiros tiravam o traje hospitalar de um morto para depois o atirar a uma pilha de cadáveres rígidos, de soldados que haviam morrido durante a viagem... E então a enfermaria começou a se afastar, a lanterna vermelha de sua cauda brilhava e tilintava, tremia e chacoalhava.

— O sangue mais nobre arrisca a vida por vocês — dizia o conselheiro Zednicek ao lado da janela. — Não viram aquela enfermaria? E é isso o que vocês fazem aqui! Mas já acabamos. Vamos ao veredito, senhor chefe da estação, escreva! Processo disciplinar do controlador de tráfego Ladislav Hubička.

E ele fez um gesto de desprezo com a mão, saiu para a plataforma e sinalizou para que o auto de linha se aproximasse. Zdenička sentou-se ao lado do chefe de tráfego. Eu anunciei a saída do auto de linha e dei o sinal de partida.

— Sabem o que os tchecos são? — disse o conselheiro Zednicek. — Umas feras sorridentes![29]

O auto de linha começou a andar e passou pelo trem metralhado da via número cinco, o conselheiro Zednicek observou os tetos arrancados, os buracos feitos pelas metralhadoras. O chefe da estação subiu para o andar de cima, e dali logo começou a gritar, bateu no chão com uma cadeira até cair gesso do teto da sala do controle. E gritou para o fosso de ventilação:

— Um lodaçal de imoralidade! A antiga cidade de Sodoma! Sob a proteção da polícia, a prostituição se refugia nos cafés, nos restaurantes, nos escritórios! O marido obriga a esposa a se prostituir! Ameaça esquartejar o filhinho com uma serra se ela não for para as ruas. Só pensam em "polir o mastro"! Em "trocar o óleo"! Seria melhor que Deus fizesse soar as trombetas do juízo final e acabasse com tudo!

Depois voltou a caminhar pela cozinha aos pisões, para que lá embaixo soubéssemos que ele estava sofrendo por nossa culpa. Demorou uma hora para descer ao seu escritório. Com o uniforme de gala. Nesse meio-tempo, tinham levado para a rampa o último touro que restava no caminhão; este também fora conduzido pela moça até os carniceiros. Quando ela foi embora, o touro começou a aprontar. O carniceiro disse ao ajudante: "Bohouš, este safado vai nos arrebentar as ancas, pegue este facão e fure os olhos dele!". E o ajudante Bohouš, que depois contou tudo no escritório, virou, enfiou a mão pela janelinha e com dois movimentos furou os olhos do touro. "E o touro depois ficou calmo igual um cordeiro",

[29] Frase atribuída ao oficial nazista Reinhard Heydrich, que foi nomeado Delegado do Reich do Protetorado da Boêmia e Morávia. (N. da E.)

o ajudante Bohouš disse no escritório, "ha, ha, esse com certeza não quis saber de mais nada". E quando os negociantes fecharam a porta com estrondo depois de o touro ter entrado, o senhor chefe da estação acordou. E as suas pombas cambaleavam no peitoril da janela, arrulhavam e lhe faziam mesuras, mas o senhor chefe lhes devolveu uma expressão de desagrado, balançou a cabeça, passou os dedos na gola da camisa, depois ficou pensativo e triste, ainda mais triste. Ele abriu o armário, examinou seu uniforme mais novo, aquele que nunca havia usado, no qual já havia uma única estrela dourada, bordada e costurada com fio dourado, daquele mesmo material com que costumavam bordar as divisas dos generais.

E não aguentou mais. Atravessou o escritório, subiu correndo para o primeiro andar, chegou à cozinha e por desencargo gritou várias vezes para o fosso de ventilação:

— Meu sonho de ser inspetor foi à merda!

E depois que os trens de passageiros partiram, quando o controlador de tráfego Hubička voltou à plataforma e olhou para o céu azulado, quase primaveril, certamente voltou a ver nele aquilo que o havia tornado famoso em toda a região da direção regional de Hradec Králové, certamente voltou a ver, naquela enorme tela azul, o filme em que a telegrafista se deita enquanto ele levanta a saia dela e depois pega um carimbo atrás do outro, carimbos grandes como a torre de uma igreja, e imprime as marcas naquela carne macia ao redor do traseiro. De repente ele se virou, havia tomado uma decisão, e no telheiro onde ficam guardadas as alavancas de manipulação dos semáforos e dos aparelhos de mudança de via e sinais de aproximação, ele sussurrou:

— Miloš, amanhã temos plantão noturno, outra vez juntos... Pela nossa estação passará um trem de carga com 28 vagões de munição, que estará em vagões abertos, passará às duas da manhã. E entre a nossa estação e a próxima não há colinas, nenhum edifício... Esse trem inteiro poderia ir pelos ares e o universo pagaria a conta...

— Sim, senhor controlador de tráfego, poderia, mas como?

— Receberemos tudo em tempo...

— Onde está esse trem?

— Sai amanhã de Třebíč.

— Então agora nós é que vamos vigiar rigorosamente um trem militar, não é mesmo? — eu ri, e por um momento o telheiro escureceu.

Fora um bando de pombas polonesas, ao passar voando pela janela.

Do palácio chegou a notícia de que o senhor chefe da estação fora convidado para jantar com o marquês Kinský, e que às sete um cavalariço viria buscá-lo. Eu puxei a cortina para baixo e acendi as luzes na sala do controle. E no escritório do chefe da estação, embora houvesse luz elétrica, eu acendi a lâmpada a querosene de mecha redonda, o abajur de cone verde. E fui com o controlador de tráfego Hubička atender os trens que passavam pela nossa estação, para lhes dar o sinal com a lanterna verde. O senhor chefe da estação levou para o escritório o seu traje de barão, as calças cinza, a jaqueta de caçador e o chapéu tirolês com uma pena de galo silvestre. Deixou a porta da sala do controle aberta e começou a se vestir, feliz por saber-se observado.

E pela estrada de terra do palácio veio o cavalariço num cavalo branco, com outro cavalo branco ao lado. No céu as estrelas tremeluziam e a noite resplandecia. A neve gelada começava a ranger e crepitar sob as solas dos sapatos. O abajur verde sibilava suavemente no escritório do senhor chefe da estação, que se olhava fixamente no espelho. Já estava vestido de gala, até com as luvinhas de camurça e o chapeuzinho tirolês. E aquele abajur projetava no teto um círculo branco, em volta do qual se dissipavam círculos maiores, que pareciam as costelas de um esqueleto. Quando eu passava as férias na casa da minha avó, lá também havia um abajur daqueles de mesa, e eu gostava de me deitar à noite na cama e ficar olhando as sombras que a lâmpada a querosene projetava no teto, ao redor do círculo branco, e para onde quer que eu olhasse, via sempre aquele mesmo esqueleto no teto, até quando eu cobria os olhos com o edredom, via sempre o teto com o esqueleto. Uma vez eu estava olhando para o teto e minha avó trouxe uns pedaços de lenha embrulhados no avental e os deixou cair com estrondo perto da estufa. Eu gritei: "Os ossos do esqueleto caíram!".

E na plataforma chegou o cavalariço em seu cavalo branco, e ao lado o outro cavalo branco com a sela posta. Aqueles cavalos eram tão brancos que emitiam luz, como um arbusto de jasmim em flor numa noite de verão. E o senhor chefe da estação deixou o escritório, o cavalariço saltou de seu cavalo e ajudou o senhor chefe a alcançar o estribo. O senhor chefe segurou as rédeas, foi trotando até o pombal e exclamou para o alto:

— Durmam tranquilas! Estou indo mas vou voltar! O senhor chefe da estação voltará! Durmam bem, filhinhas!

E as pombas polonesas arrulharam, bateram com as asas na grade fechada da porta, e o senhor chefe da estação se afastou a cavalo, acompanhado pelo cavalariço. Depois ele atravessou as vias e os dois cavalos brancos foram trotando pela estrada de terra endurecida, dava para ouvir os seus cascos, mas os cavalos brancos se confundiam com a planície nevada, era divertido ver apenas o senhor chefe da estação e o cavalariço em seus trajes escuros, suas figuras pareciam sentadas no ar.

O controlador de tráfego Hubička pegou os gráficos de circulação, que estavam enrolados como pedaços de tecido ou de seda, desenrolou-os, inclinou-se sobre eles e percorreu o itinerário com a ponta do lápis.

Eu abri a cortina verde e fiquei vendendo bilhetes, os viajantes emergiam da penumbra da sala de espera, compravam bilhetes e voltavam aos seus cantos escuros, saíam a contragosto para o ar gélido, tentavam adivinhar, pela atitude do controlador de tráfego, se seus trens estavam prestes a chegar, e às vezes eu era malicioso com os passageiros, ainda faltava meia hora para o trem e eu vestia o casaco, subia a gola e saía para a plataforma como se fosse para esperar o trem deles, e os passageiros vinham atrás de mim, mas eu caminhava um pouquinho, punha a lanterna ao lado da via e voltava para o calor do escritório, e os viajantes, quando já estavam congelando, voltavam para perto da estufa da sala de espera, de onde me olhavam com hostilidade. Até o senhor chefe da estação aproveitava às vezes as sombras e a escuridão da noite e calçava as galochas de borracha, percorria a estação e espiava o que os controladores de tráfego estavam fazendo. Ah, uma vez me flagrou dormindo depois da meia-noite. Eu estava sentado na cadeira com o queixo apoiado no peito e dormia, e o senhor chefe da estação ficou junto ao corrimão, ao lado do caixa, na sala de espera, e me observou por cima da cortina verde, e depois, sem fazer barulho, com as galochas de borracha, saiu para a plataforma, abriu a porta, sem fazer barulho, parou diante de mim, desfrutando em silêncio, e depois agarrou meu ombro e me sacudiu, e eu, que dormia, pensei que estava em casa e que era de manhã, e disse: "Que horas são, papai?", e o senhor chefe da estação gritou: "Eu sou o chefe da estação, não sou papai coisa nenhuma! E estamos em serviço! Papai!". Depois mandou um informe a Hradec e eu recebi uma advertência.

E o trem de passageiros estava se aproximando da estação, eu saí para a plataforma e os passageiros deixaram a sala de espera, o trem foi diminuindo a velocidade, no estribo do segundo vagão estava Máša, ela tinha um lenço no pescoço que reluzia na noite, junto ao peito ela tinha a lamparina de serviço, e, no pulso, a correia com o alicate de perfurar passagens, como sempre tinha, inclusive quando pintamos aquela cerca que rodeia todas as oficinas, ela estava sempre limpa, mesmo no final de seu turno, como se tivesse acabado de chegar. Ela saltou do estribo, e quando esticou a perna eu vi que usava sapatos pretos e meias brancas, as covinhas cintilavam em seu rosto, que resplandecia na noite azul como se um momento antes ela o tivesse polido até as orelhinhas com a ponta de uma toalha. Ela me ofereceu uma maçã, e eu segurei a lanterna com uma mão e a maçã com a outra, e Máša se apertou em mim, me tomou nos braços, era mais forte do que eu e suas bochechas cheiravam a leite, ela me apertou de tal maneira que a lamparina a querosene me escaldou o peito, a chama fez arder até o meu coração, e ela sussurrou:

— Miloš, Miloš, eu te amo, te amo tanto, tudo o que aconteceu foi culpa minha, eu perguntei às meninas como é que se faz, perguntei às mais velhas, tenho certeza de que agora tudo vai ficar bem, com certeza, agora já sei como se faz... ouviu?

E ela se afastou um pouco, tirou do bolso a tabela com o horário dos trens, abriu e me deu uma fotografia que eu nunca tinha visto, eu senti nos dedos como estava amarrotada... era uma foto minha, que eu dei para ela quando estávamos pintando a cerca de vermelho, a fotografia de um menininho com um traje branco de marinheiro, e eu virei a fotografia e no verso tinha outra fotografia colada, logo eu me dei conta de que o que tinha sido colado em mim era uma fotografia de Máša quando criança, também com um casaquinho de marinheiro, e aquelas duas fotos coladas tinham sido cortadas em formato de ovo.

— Miloš, quando você vem nos visitar, quando? — ela perguntou.

— Depois de amanhã, se você quiser — eu gaguejei.

E eu tive que apitar o sinal longo — comissários, a postos —, e as comissárias de trem, erguendo as lamparinas, deram o sinal de que estava tudo pronto, e eu ergui a lanterna verde e o trem começou a andar, e Máša voltou a se apertar em mim, se apertou tanto quanto devia ter apertado as nossas fotos de criança para que permanecessem juntas, então Máša me beijou e depois segurou a barra de ferro e subiu no estribo, no seu peito brilhava a luzinha azulada da lamparina de serviço, e eu fiquei sem palavras, porque sentia que era homem de verdade, eu mesmo podia sentir, e logo me toquei para me comprovar, eu era homem, sim, mas como pôde acontecer o que me aconteceu, que quando era para acontecer aquilo com Máša eu de repente murchei como um lírio? A última vez que eu a havia visto foi quando ela foi me visitar no hospital e se inclinou sobre a minha cama, ela usava um casaco azul com botões prateados, e quando aquele casaco se inclinou na minha direção os botões brilharam como as luzes de um farol numa ponte, ela me beijou, mas antes o apito preto de serviço escapou do bolso da camisa e bateu nos meus dentes, depois ela se sentou na cama, justo em cima do meu braço enfaixado, mas logo teve que ir embora, e um paciente que despertava da anestesia e queria se levantar mas não podia, porque estava amarrado, gritava: "Max, solte a manivela, solte, Maaaaax!". Ele conseguiu desatar um braço e enfiá-lo embaixo da cama, e dali pegou um penico de vidro e o atirou com força tremenda, o penico atravessou o quarto e se estatelou contra a parede junto à qual estava a minha cama, e a urina respingou em Máša, quando ela foi embora os cristaizinhos brilhavam em seus cabelos, ela me mandou um beijo da porta, e só nesse momento eu a encarei, e depois, quando saí do hospital, procurei com os olhos, mas ninguém tinha ido me buscar, naquele dia eu estava triste porque na cama ao lado havia uma menina de 15 anos, ela tinha encontrado um presente no armário, que seus pais estavam guardando para ela, eram botas de feltro, e ela não conseguiu esperar, calçou as botas e foi com elas até Praga, mas ali perto das rochas de Satalice o trem em que ela viajava colidiu com outro trem de passageiros, e os assentos, ao se chocarem, cortaram as pernas da menina. Quando acordou da anestesia, não fazia nada além de gritar: "Guardem as botas no armário, as botas...". Eu saí do hospital sozinho, quando me olhava nas vitrines não me reconhecia no reflexo, eu procurava meu rosto mas ele não estava lá, como se eu fosse outra pessoa... até que fiquei sozinho diante de mim mesmo numa vitrine, tão perto que quase podia me cheirar, mas eu continuava pensando que era outra pessoa, até que levantei um braço e o do reflexo levantou um braço também, eu levantei o outro braço, e aquele lá fez a mesma coisa, e quando olhei para o lado vi um pedreiro parado junto a uma mureta, um homem enorme vestido de branco, todo coberto e descamado de cal, e no chão tinha um extintor Minimax, e aquele pedreiro me olhava enquanto enrolava um cigarro com os dedos, depois ele o levou aos lábios, acendeu um fósforo, enfiou o palito numa espécie de cestinho formado pela palma da sua mão, inclinou-se e acendeu o cigarro, mas sem deixar de me olhar, como se entre nós estivesse aquela porta do hotelzinho de Bystřice u Benešov, a porta entreaberta onde de um lado da fresta eu pus o meu olho, e do outro lado esse pedreiro pôs o dele... Naquela vez, senti como se alguém do outro lado da porta segurasse a mesma maçaneta que eu. E agora eu sabia que aquele velho e enorme pedreiro com a roupa branca suja de cal era Deus disfarçado...

Pela estação passaram alguns trens de carga, depois um de passageiros, das frestas do vagão de serviço jorrava uma faixa de luz, tal como jorram na piscina, às vezes, os pelos pubianos das meninas para fora do maiô, os foguistas lançavam pás de carvão na caldeira, a luz salpicava a noite e o corpo do foguista em movimento projetava uma sombra movediça nas paredes do tênder, os semáforos de entrada e de saída transformavam alternadamente a luz vermelha em verde, as luzes de sinalização nas agulhas mostravam símbolos brancos, um estreito retângulo vertical — sinal de que a via é reta —, e um retângulo horizontal — sinal de que a via faz curva — e depois, lá, lá onde acabava a via-morta, junto ao "liverpul", lá durante toda a noite há uma lâmpada azul-clara, e à distância os braços dos semáforos rangem sempre que a luz troca de cor, no escritório há o tique-taque dos instrumentos e de vez em quando o telefone solta um leve trino, quando se conecta por acidente, no painel as rodinhas rangem quando são abertas as travas das vias, e no meio de todo esse chilreio o senhor controlador de tráfego Hubička caminhava de um lado para o outro, cheio de preocupações com o trem rigorosamente vigiado que depois da meia-noite deveria trazer 28 vagões de munição, ele acompanhava o trajeto nas tabelas e depois escutava, perscrutava a escuridão da plataforma, olhava para a escuridão e espiava a sala de espera, e eu, enquanto isso, pensava em Máša, estremecia, como seria quando aquilo tivesse que acontecer novamente? E agora eu também caminhava pela plataforma, eu também fitava o firmamento noturno e via nele o meu filme, eu fazia Máša deitar naquele céu, como o controlador de tráfego Hubička fizera com a Zdenička na mesa do telégrafo, e tirava suas roupas uma peça atrás da outra, mas quando Máša ficava nua sobre aquele céu eu não sabia o que fazer com ela. Saber eu sabia, mas nunca tive essa experiência, porque nunca estive dentro de nenhuma mulher, só quando estive na barriga da minha mãe, mas disso eu nem tinha como me lembrar...

E depois eu ouvi a mulher do senhor chefe da estação descendo a escada com uma vela numa mão e na outra uma panela com bolinhos de massa, e ela entrou no porão, onde um ganso esgoelava assustado. Eu estava na plataforma e olhava para dentro do porão através do retângulo de uma janela, a mulher do senhor chefe e sua sombra se agacharam, ela tirou um bolinho da panela, depois abriu o bico do ganso e enfiou o bolinho lá dentro, depois segurou o bico como se estivesse fechando uma navalha e foi empurrando com os dedos o bolinho garganta abaixo. Então ela mergulhou outro bolinho na água e continuou dando de comer ao ganso, que resistia.

— Volto logo, um minutinho — eu disse ao controlador de tráfego —, um minutinho e estou de volta.

Depois fui tateando ao longo da parede curva e pisando cuidadosamente com minhas botas, degrau a degrau, e abri a porta do porão sem fazer ruído.

— Senhora chefe, não se assuste, sou eu, Miloš — eu disse.

— O que está acontecendo? — ela tomou um susto e ficou imóvel com um bolinho na mão, e a luz da vela, que ardia atrás dela, brilhava através de um cacho grisalho, e eu pude ver seu rosto aflito, era uma Gata Borralheira, e enquanto isso o senhor chefe da estação brincava de ser o barão Lánský z Růže.

— Sou eu, Miloš — eu disse. — Senhora chefe, vim pedir um conselho, é que depois de amanhã eu vou ver a minha namorada, a Máša, comissária de trem, sabe? E com certeza ela vai querer que eu... A senhora sabe, não sabe?

— Não sei... — gaguejou a mulher do senhor chefe da estação, e agachou para molhar o bolinho e abriu o bico do ganso.

— Sabe sim — eu disse —, não se faça de desentendida, vim pedir um conselho... Para resumir, eu sempre sou homem, mas na hora de provar que sou homem, já não sou mais homem. Eu vi num livro que tenho *ejaculatio praecox*, sabe?

— Não sei... — disse a mulher do senhor chefe, e afundou outro bolinho na água.

— Sabe sim — eu disse. — Agora mesmo, por exemplo, é só eu pensar e... pronto, agora sou homem... Toque.

— Virgem Maria — sussurrou a mulher do senhor chefe da estação. — Senhor Miloš, eu já estou no climatério...

— Onde?

— No climatério, mas que horror — estremeceu a mulher do senhor chefe, e derrubou a panela, espalhando os bolinhos.

Eu me ajoelhei e comecei a recolher os bolinhos, a mulher do senhor chefe da estação começou a recolhê-los também, e enquanto isso eu contei por que tinha feito aqueles cortes nos meus pulsos, porque eu tinha murchado no estúdio do tio Noneman, no estúdio "Cinco minutos e pronto", porque eu não tinha nem começado e pronto. E a mulher do senhor chefe ficou em silêncio, segurando o ganso pelo bico.

— Toque, senhora chefe — eu disse.

— Vou tocar, Miloš — ela disse, e se agachou junto com sua sombra na parede e apagou a vela com um sopro.

— Então, não sou homem? — perguntei.

— Você é, Miloš — ela disse.

— Mas e agora, senhora chefe? Não quer me ensinar? Por gentileza... No manicômio o doutor Brabec me disse que eu devia polir o mastro com uma senhora mais velha...

— Senhor Miloš, eu estou no climatério, não quero mais saber dessas coisas. Mas eu o entendo, de verdade, se ao menos eu fosse mais jovem... Virgem Maria, o que deu em vocês nessa estação? O controlador de tráfego Hubička com seus carimbos, você com essa história de polir mastros... Mas tudo vai correr bem depois de amanhã, você vai ver, você é um homem, e que homem...

E pela janela do porão eu vi que o senhor controlador de tráfego Hubička tinha saído para a plataforma, ele estava parado com os pés bem afastados e olhava para o céu, e eu sabia perfeitamente que já não era Zdenička quem estava lá, esparramando o seu traseiro por todo o céu, mas que ali, silenciosamente, chegava um trem de carga com 28 vagões que de repente desapareceriam, dando lugar a uma nuvem enorme, cada vez maior, grande como as montanhas que surgem no ar antes de uma tempestade de verão, talvez até maior...

— Está brava comigo, senhora chefe? — eu disse.

— Não estou brava, Miloš. Tudo isso é tão humano... — ela disse.

E tateando a parede, ela subiu os degraus com dificuldade, até o primeiro andar, e lá andou de um lado para o outro, entre a cozinha e o quarto, como fazia o senhor chefe da estação quando não se atrevia a dizer na nossa cara o que tinha contra a gente, e por isso despejava tudo no fosso de ventilação e depois descia calmo e purificado, porque quando não gritava para o fosso ele gritava para a mulher, e dizia coisas horríveis, tudo o que tinha de sujo dentro de si ele dizia para ela, e depois de um tempo ele não se lembrava de nada, e por isso nunca teve que cortar as veias, como eu, nem levantar a saia da telegrafista e carimbar o traseiro dela, e eu sabia que o senhor chefe não tinha como ficar louco, pois fazia essa limpeza mental de gritar tudo para o fosso de ventilação, e o que sobrava ele gritava para a mulher, que sabia o momento certo de dar na cara dele com um pano molhado, ou de dizer uma frase extremamente obscena, que o deixava tão abalado quanto aquela bofetada trimestral que parecia despertá-lo de um sonho.

E o senhor controlador de tráfego Hubička, quanto mais se aproximava a meia-noite, mais intranquilo ficava, ele bufava, parava no meio de uma frase e ficava ouvindo. Eu podia ver que ele estava esperando que a porta se abrisse e surgisse a mão que lhe entregaria uma mensagem ou um pacote.

Quando o relógio do senhor chefe da estação bateu a meia-noite, eu disse:

— Como toca bonito esse relógio.

E a porta se abriu, como se movida pelo vento, entrou uma mulher jovem, com uma capa impermeável que ia até os joelhos, e que estava desabotoada, dava para ver sua camisa tirolesa com ramos de carvalho e nozes bordados em verde. Ela vestia uma saia cinza, meias de lã brancas e botinas com a lingueta de fora. Estava vestida como o senhor chefe da estação, mas à moda feminina.

E carregava um pacotinho bem-amarrado.

— *Bitte* — disse —, *ich muss nach Kersko*.[30]

— Kersko... — respondi. — Então vai ter que esperar até amanhã, é do outro lado do rio.

— *Aber ich muss nach Kersko*[31] — ela insistiu.

— Fica muito longe. Está indo visitar quem? — eu disse.

— *Ich habe einen Freund* — ela sorriu e apontou para mim. — *Sie sind Herr Fahrdienstleiter?*[32]

— Não, é ele... — eu disse.

— Você é o senhor controlador de tráfego Hubička? — ela perguntou em tcheco.

— *Ja*[33] — disse ele.

— E este aqui? — ela apontou para mim.

— *Mein Freund*[34] — disse o controlador de tráfego.

— Miloš Hrma — eu me apresentei.

— Viktoria Freie[35] — ela se inclinou e me estendeu a mão.

— Viktoria Freie? — espantou-se Hubička.

E eu logo percebi que aquela era a mensagem, eu reconheci, percebi que Viktoria Freie era a mão que entregaria a notícia e a mensagem, mas essa mensagem não agradou o controlador de tráfego Hubička, pelo contrário, ele ficou ainda mais pálido, a revelação o deixou bastante atordoado, eu

[30] Em alemão: "Por favor, preciso ir a Kersko". (N. da E.)

[31] "Mas eu preciso ir a Kersko." (N. da E.)

[32] "Tenho um amigo... Você é o senhor despachante?" (N. da E.)

[33] "Sim." (N. da E.)

[34] "Meu amigo." (N. da E.)

[35] Em alemão, o nome significa "Vitória Liberta". (N. da E.)

percebi que ele não tinha o menor desejo, que nem sequer havia olhado para o traseiro da mulher, nem para os peitos, contrariando seu hábito de despir as mulheres com os olhos. E essa tirolesa, eu podia ver que era ao mesmo tempo um bundão e um tetão. Eu saí para a plataforma e dei o sinal de passagem para o trem de carga, eu o aspergi de luz verde. E depois, quando voltei e comuniquei à próxima estação o horário do trem, o pacote havia sumido. E a Viktoria bocejava, se espreguiçava e me lançava olhares, e eu de repente senti que podia confiar nela, e quando ela disse que gostaria de tirar um cochilo, eu abri a porta do escritório do senhor chefe da estação, tal como o senhor controlador de tráfego Hubička tinha feito em Dobrovice, logo antes de quebrar o sofá de tecido encerado, e ela entrou, e eu peguei meu casaco e o estendi sobre o sofá, o abajur verde reluzia com ternura, eu pude ouvir as pombas, que continuavam intranquilas no pombal, até mais do que no momento em que o senhor chefe foi embora, como se uma doninha ou uma marta tivesse se infiltrado na gaiola, tal era o temor com que batiam asas e arrulhavam.

— Meu nome é Miloš Hrma — gaguejei. — Sabe, eu cortei as veias porque sofro de *ejaculatio praecox*. Mas não é bem assim. Eu sei que murchei como um lírio com a minha namorada, mas, cá entre nós, sou homem de verdade...

— Você nunca esteve com nenhuma? — Viktoria estranhou.

— Nunca estive, só tentei, por isso estou pedindo que me aconselhe...

— Não esteve com nenhuma mesmo? — ela estranhou ainda mais.

— Nenhuma, porque com Máša, quando ela subiu na minha cama na casa do tio Noneman, em Karlín, com Máša eu cheguei bem perto, mas não tive o que fazer, porque, como eu disse, eu murchei como um lírio.

— Então você não esteve mesmo com nenhuma — ela disse, e sorriu, e em seu rosto surgiram covinhas, iguais às de Máša, e seus olhos se enterneceram, como quando se é surpreendido por um momento de sorte, ou como quando se encontra uma coisa rara, e ela começou a percorrer meus cabelos com os dedos, como se eu fosse um piano, e depois olhou para a porta fechada, que dava para o escritório, e se inclinou sobre a mesa, puxou o pavio e apagou o abajur com um sopro audível, e, tateando, me encontrou, e me levou de volta para o sofá do senhor chefe da estação, ela se deitou e me puxou para cima de si, e depois me tratou com ternura, como quando eu era pequeno e mamãe me vestia ou me despia, deixou que a ajudasse a levantar a saia, e depois eu a senti erguendo e abrindo as pernas, ela apoiou as botas tirolesas no sofá do senhor chefe, e depois nós de repente ficamos colados, da mesma forma como eu fui colado à fotografia da Máša com a minha roupa de marinheiro, e fui inundado por uma luz que se tornava cada vez mais forte, eu não parava de subir, toda a terra tremia, houve trovão e estrondo, e eu tinha a impressão de que aquilo não vinha do meu corpo nem do corpo da Viktoria, mas de fora, que todo o edifício tremia até os alicerces, as janelas vibravam, e tudo em homenagem ao meu glorioso e bem-sucedido ingresso na vida, eu até ouvi os telefones tocando, os telégrafos transmitiam por conta própria sinais de código Morse, como sempre acontece nas salas de controle quando há tempestade, tive a impressão de que até as pombas do senhor chefe da estação arrulhavam em uníssono e que até o horizonte se elevava e ardia com as cores do fogo, então o edifício da estação voltou a tremer, seus alicerces se moveram de leve... E depois senti o corpo da Viktoria se retesar formando um arco, ouvi suas botas cravejadas afundarem no sofá encerado, ouvi o tecido se rasgar, rasgava-se continuamente, e das unhas das minhas mãos e dos meus pés subiam espasmos de júbilo que convergiram no meu cérebro, tudo ficou branco, depois cinza, depois marrom, como a água fervente que resfria ao cair, e eu senti uma dor agradável nas costas, como se alguém me tivesse cravado um grampo de metal.

Eu abri os olhos, Viktoria continuava percorrendo meus cabelos com os dedos e respirava profundamente. E pela fresta da janela eu vi se elevar no horizonte a cor vermelha e âmbar de um fogo distante, como se relampejasse. As pombas do senhor chefe arrulhavam de medo, voavam pelo pombal, batiam contra as paredes e o teto, caíam no chão e, assustadas, batiam asas.

Viktoria Freie se sentou e ficou escutando. Ela passou a mão nos cabelos e disse:

— Há um bombardeio terrível em algum lugar.

Eu abri a janela e puxei a cortina, que correu para cima. Ao longe, além das colinas, irrompiam novos e novos incêndios, o horizonte estava avermelhado e se deslocava sobre as colinas, rumo ao centro de alguma catástrofe.

— Deve ser Dresden — ela disse, levantou-se e começou a se pentear, e o pente fazia um som especial em seus cabelos. Lembrei-me de seu corpo flexível, que eu de repente vi voando num trapézio.

— O que você faz? — perguntei.

— Sou acrobata — ela disse enquanto puxava o pente pela espessa cabeleira e inclinava a cabeça na direção oposta —, antes da guerra tínhamos um espetáculo chamado "Paleta variada de atrações aéreas".

Sentei-me no sofá. Depois tateei em silêncio o tecido. O sofá estava rasgado ao meio. Dava para ver o estofo.

Pela estação passou um trem de carga lançando faíscas pela chaminé.

Viktoria estava perto da janela e tirava faíscas dos cabelos com o pente. Depois vimos dois cavaleiros na trilha que se destacava contra o horizonte avermelhado.

Eu me levantei e pela primeira vez na vida senti paz.

— Obrigado — disse.

— Eu que agradeço — ela respondeu, pegou o casaco, saiu para a sala do controle e olhou o relógio. Ela suspirou. Enfiou a mão por baixo da blusa e ajeitou um seio no sutiã. E saiu para a plataforma, onde o controlador de tráfego Hubička estava parado com os pés bem afastados, olhando o céu. Conversaram por um instante. Depois ela voltou e me disse em alemão:

— *Und jetzt muss ich wirklich nach Kersko*[36] — e riu, e atravessou os canteiros do chefe da estação, e depois, pelo caminho de tílias, desapareceu entre as casas.

O senhor chefe da estação chegou no cavalo branco, desmontou com suavidade e entregou as rédeas ao cavalariço, que esporeou seu cavalo e partiu trotando.

O chefe foi direto para o pombal e chamou: "Minhas pombinhas de maio, por que estão assustadas? O que fizeram com vocês? Minhas coisinhas aladas! O seu chefe da estação está de volta. Olá, olá!".

E depois entrou animado na sala do controle de tráfego, sentou-se de revés na cadeira e disse:

— Hubička, o senhor marquês lhe manda saudações. O barão Bethmann Hollweg mostrou-lhe as fotografias da Zdenička. Todos os nobres não veem a hora de conhecê-lo. O próprio senhor marquês manda dizer, Hubička, que o inveja, e que ele próprio nunca teria pensado em algo assim. Ele o convida a ir ao palácio na semana que vem. Durante o jantar, tive que relatar a toda a sociedade como foi que tudo aconteceu...

E se levantou. O telégrafo chamava a nossa estação.

[36] Em alemão: "Agora preciso mesmo chegar a Kersko". (N. da E.)

"*Bahnhofsperre Dresden, Pirna, Bautzen...*"[37]

O senhor chefe da estação saiu para a plataforma e gritou na direção de onde ainda vinham os estrondos, lá onde o horizonte estava colorido:

— Não deviam ter declarado guerra ao mundo inteiro!

[37] "Interditado o acesso às estações de Dresden, Pirna, Bautzen..." (N. da E.)

O controlador de tráfego Hubička acendeu o abajur da mesa do telégrafo, abriu o livro de registros bem no canto da mesa e depois fez sinal de que queria me mostrar algo importante nos despachos, mas logo percebi que se tratava de uma coisa muito diferente. O controlador de tráfego estava apreensivo, e, quando apontou os despachos com o lápis, a ponta tremeu e rabiscou no papel uma linha parecida com a de um eletrocardiograma. Ele abriu a gaveta com cuidado, eu fingi ler a última linha do caderno mas olhei de esguelha para dentro da gaveta. O cone do abajur de mesa era a única coisa que iluminava a sala do controle, e no fundo da gaveta cintilou um revólver e depois um objeto parecido com uma lanterna, que no lugar do vidro tinha algo que parecia um relógio, fazendo um tique-taque bem baixinho.

— Miloš — disse o controlador de tráfego num sussurro, e continuou indicando e sublinhando o despacho no livro de registros —, Miloš, o melhor é ficar na plataforma e atirar isso num dos vagões do meio. Vamos dar o sinal de parada e no último momento damos o sinal verde, assim ele terá que desacelerar.

— Isso mesmo — respondi, e senti que em todas as janelas da sala de espera, em todas as frestas das cortinas, poderia haver olhares inquisitivos.

Por isso eu peguei o lápis e também sublinhei o despacho no livro de registros, enquanto sussurrava:

— Lembra quando caiu o braço do semáforo? Lembra como foi que o expresso passou? Sabe o quê? Vou fazer a mesma coisa. Vou subir no semáforo, e de lá de cima eu me inclino e deixo cair o explosivo no vagão do meio, depois desço e veremos o que acontece... Onde está o nosso trem rigorosamente vigiado?

— Já passou por Poděbrady, em meia hora estará aqui — bufou o controlador de tráfego, e fechou a gaveta com a barriga, e depois, sem motivo algum, assinou a página do livro de registros.

— Não está com medo?

— Não, nunca estive tão calmo... Ah... — eu disse — eu sou homem, sou homem como você, senhor controlador de tráfego, sou homem e isso é maravilhoso, tudo aquilo já passou, simples assim... — peguei na mesa uma tesoura grande e fiz o gesto de cortar alguma coisa —, foi assim que amputei o passado — eu ri, e atendi o telefone.

— É o expresso cargueiro — eu disse, e dei a ordem para a cabine do agulheiro: — Fazer a mudança de via para o expresso, número 53, 61 —, tirei a chave do aparelho e saí para a noite; uma grande mancha ainda se estendia no horizonte, como se o sol tivesse acabado de se pôr. Manipulei suavemente as alavancas dos semáforos e dos sinais de aproximação. Nunca tudo esteve tão claro na minha cabeça, era como quando eu era criança e minha mãe me embalava para que eu esquecesse um pesadelo. O controlador de tráfego Hubička andava pela sala com os olhos no chão, já nem saía para olhar o céu, e eu também, assim como ele, sentia o peso da nossa responsabilidade, no que isso ia dar? E se tudo corresse bem, o que ia acontecer depois? Mas eu não estava pensando nisso, não que já não tivesse pensado bem, eu já havia refletido sobre isso até nos menores detalhes, mas é que agora nada disso me importava, eu estava concentrado em acertar exatamente o vagão do meio, de lá de cima, do semáforo, para que o trem inteiro voasse pelos ares, eu não queria outra coisa, não via no céu outra coisa além daquela nuvem que não parava de subir, que sugava todos os destroços de vagões, trilhos e dormentes, só pensava que na verdade eu deveria ter pensado nisso muito tempo atrás, por terem atropelado o meu avô quando ele avançou sozinho na direção deles, sozinho contra todo um corpo de exército, com os braços estendidos e seu pensamento hipnotizador, ordenando que os alemães dessem meia-volta e retornassem ao lugar de onde tinham vindo. E de qualquer maneira, mesmo que a cabeça do vovô tenha ficado cravada na lagarta do tanque, mesmo assim o espírito do vovô continuava empurrando os corpos de exército, um atrás do outro, um tanque atrás do outro, um soldado atrás do outro, de volta para o coração da Alemanha, até o lugar de onde eles tinham saído e para onde os exércitos soviéticos os empurravam de volta... Mas eu tinha me esquecido do meu avô, porque se tivesse pensado nele antes, teria tentado várias outras coisas. Daqui a vinte minutos vai chegar o meu trem carregado de munição e eu vou poder fazer uma coisa grandiosa, porque não sou mais um lírio murcho. Eu jamais seria capaz de imaginar que dentro de mim cabia tanta força, assim como não seria capaz de imaginar que o controlador de tráfego Hubička pudesse ficar tão apreensivo, agora nem andar ele consegue, fica o tempo todo parado em frente ao painel com os pés bem afastados, ouvindo os telefones que anunciam aquele trem que agora nós estamos vigiando rigorosamente.

Eu entrei no escritório, abri a gaveta e enfiei o explosivo no bolso do casaco, o controlador de tráfego Hubička me acobertou com seu corpo. E o revólver eu pus no outro bolso, e depois percorri com os dedos as linhas do livro de registros do telégrafo, assinei e guardei o lápis na gaveta.

E o senhor controlador de tráfego se aproximou do quadro-negro, no qual, desde a noite passada, estavam anotados a giz todos os trens rigorosamente vigiados, uma série de vinte comboios militares que tentariam evitar a derrocada no *front*, ele apontou para eles e sussurrou:

— Miloš, vou ajustar o tempo da bomba só no último instante.

— Sim, mas o expresso cargueiro está desacelerando — eu respondi.

E saí para a plataforma, o expresso entrou na estação e parou, o chefe do trem saltou para fora.

— É terrível, toda a cidade de Dresden *kaput* — ele disse.

E atrás dele saltaram do vagão de frenagem pessoas que pareciam ter fugido de um campo de concentração, elas usavam calças listradas, e só quando entraram no escritório nos demos conta de que vestiam pijamas listrados, só com um casaco por cima, pois tudo o que haviam conseguido salvar dali foram suas próprias vidas, todas tinham o olhar fixo e não piscavam. O chefe do trem desabou na cadeira e passou a mão na testa.

— Dresden inteira é uma chama só. Esses aqui se enfiaram no vagão de frenagem — disse o chefe do trem e se levantou com dificuldade, como se levanta um cavalo cansado.

Por um momento ele apoiou os punhos na mesa do telégrafo, depois dobrou os braços e finalmente pôs-se em pé, de cabeça baixa. Parecia ter adormecido. E aqueles alemães estavam iguais a ele, olhavam para o chão e talvez ali vissem seus últimos momentos, quando saltaram das janelas para as ruas e jardins, e como as árvores, as paredes e as vigas que caíam deixaram-nos isolados de todo o resto do mundo. E todos aqueles alemães tinham braços compridos, agora quase chegavam aos joelhos, e até agora nenhum deles tinha piscado, como se o pavor tivesse cortado suas pálpebras. E eu não tinha mais pena deles, eu, que chorava por cada cordeiro degolado e por todo aquele sobre quem recaía a desgraça, eu não sentia mais pena desses alemães. Eu ainda sentia isso quando fiquei no hospital por causa dos meus pulsos, lá eu costumava visitar uma tia distante, a tia Beatrice, que há cinquenta anos trabalhava na enfermaria para onde levavam aqueles que sofreram queimaduras mortais, que eram sobretudo soldados, que chegam do *front* imersos em óleo, eram quase como anfíbios, e a minha tia Beatrice fazia sopa de vegetais para eles, e se algum estivesse sofrendo muito ela lhe dava injeções de morfina, e eu fui vê-la porque a tia Beatrice trazia paz a todos, ela era tão grande e forte que quando olhava para alguém logo lhe injetava paz, talvez por trabalhar naquela enfermaria há tantos e tantos anos... e quando eu chorava por aqueles soldados alemães, quando eu via suas amantes e esposas vindo visitá-los, e via que os soldados no banho de óleo faziam seus últimos pedidos e davam conselhos às mulheres sobre com quem elas deveriam se casar, como arranjar os bens e as coisas para as crianças, eu me levantava, mas a tia Beatrice me empurrava de volta para a cadeira e cortava cenoura e aipo e salsinha, cortava e cantava baixinho, sempre trocando as letras...[38] "O *Gefreiter* Schulthe, vai morrer amanhã, morrer amanhã..." com a melodia de "Na ponte de Praga cresce um lírio"... e cortava cenoura, aipo e salsinha com a faca... e sabia que no dia seguinte iria aumentar um pouco a dose de morfina do cabo Schulthe, e com isso encurtar-lhe em alguns dias o sofrimento, porque ele já tinha se despedido... e no dia seguinte ela cantava baixinho outra vez: "O *Oberleutnant* Ditie vai morrer amanhã, morrer amanhã...", com a melodia de "Uma menina me deu de presente um anel dourado"... e ela cortava verduras e eu ficava olhando para os rapazes nas banheiras, era como se

[38] As melodias mencionadas são das canções "Na tom pražským mostě" e "Darovalo mi děvčátko", do cancioneiro folclórico da Tchéquia. (N. da E.)

estivessem tomando banho, e eu não queria que já no dia seguinte eles estivessem mortos, eu queria que pudessem voltar para as suas mulheres, suas amantes, para aquelas com quem tinham tido sua última conversa, porque quando os mandavam ali para baixo, para a tia Beatrice, significava que acabou, tchau e bênção. Mas agora, desses que tinham vindo de Dresden, eu não conseguia sentir pena deles, só eles podiam ter pena de si mesmos. E aqueles alemães sabiam disso. O chefe do trem se levantou e disse aos alemães:

— *Sollten sie am Arsch zu Hause sitzen.*[39]

E ele saiu para a plataforma e ergueu o braço, a locomotiva começou a se mover e o chefe do trem saltou para o vagão de serviço.

— Estes alemães, foi Deus quem nos mandou — sussurrou o controlador de tráfego. — Vão testemunhar a nosso favor caso alguma coisa... — ele bufou, e eu ouvi o som do sinal vindo dos trilhos, entre um posto de guarda e outro, era um badalo que golpeava um sino quebrado, e na hora eu soube que aquele era o meu trem. Entrei no escritório e o controlador de tráfego estava com o fone na mão, e pela sua palidez eu logo soube que era aquele o trem que estávamos vigiando rigorosamente.

Virei a chave. Os alemães estavam ao redor da estufa, imóveis como as vítimas da peste esculpidas na coluna da nossa praça. Agora um deles tinha começado a chorar, e era tão estranho, era quase igual o arrulho das pombas do senhor chefe quando foram despertadas pelo bombardeio, e depois esse alemão começou a chorar igual um ser humano, só agora tinha conseguido relaxar o corpo, e os outros começaram a fungar e depois todos choraram, cada um a seu modo, mas

[39] Em alemão: "Deviam ter sentado o rabo em casa sem sair". (N. da E.)

em conjunto era um choro humano, um lamento pelo que tinha acabado de acontecer. E um dos alemães, um que estava refrescando a cabeça apoiando-a na parede, começou a verter sangue pelo nariz e de repente caiu no chão, fazendo uma linha vermelha na parede.

O controlador de tráfego Hubička olhou para mim, estava de novo com o quepe enterrado até os olhos e precisou erguer o queixo para ver.

Eu corri para o telheiro e levantei o sinal de aproximação, deixando o semáforo de saída na posição de "pare".

O controlador de tráfego se aproximou, e eu tirei o aparelho do bolso do meu casaco e o iluminei com a lanterna portátil, e ele girou os anéis como se ajustasse o foco de uma câmera fotográfica.

E as pombas continuavam sem dormir, não paravam de arrulhar, caíam do sono e era possível ouvir suas asas batendo contra a parede.

Então o controlador de tráfego Hubička me estendeu a mão, fria e úmida, como se estivesse me estendendo um peixe. E eu comecei a andar ao longo dos trilhos. Uma nuvem alongada passou na frente da lua e começou a derramar uma neve gelada, eu me virei e vi ao longe o estreito facho de luz da locomotiva. A lua zarpou daquela nuvem de neve e os campos da planície brilharam na noite gelada, e eu voltei a ouvir o tique-taque de todos aqueles cristais congelados, como se dentro de cada um deles se movesse um colorido ponteiro de segundos. Então eu subi o poste do semáforo como se fosse uma escada. E outra vez passou a nuvem, e de novo a neve caiu, fina como libélulas. Eu me sentei a cavalo no semáforo. A locomotiva entrava na estação com um apito de pesar, porque a passagem não estava livre. E eu senti a asa do semáforo se erguendo e levantando o meu braço, e o semáforo converteu a luz vermelha em verde. E naquela posição de via livre, o braço do semáforo cobria meu corpo, pois era maior do que eu. E a locomotiva assoviou, eu vi o controlador de tráfego fazer sinais com a lanterna verde para que o maquinista seguisse em frente, e eu estava sentado sobre o semáforo, a neve caía, eu podia sentir os flocos me bicando, via a força com que a neve caía. Eu nem me mexia, já tinha aquela coisa na mão, ouvia o tique-taque do aparelho que me adentrava, e então a locomotiva passou, estava coberta por uma lona para que os aviões não a avistassem de longe quando o foguista jogava carvão, e depois, um atrás do outro, vieram os vagões abertos, e neles havia caixas de pólvora, caixas alinhadas entre camadas de palha, três, quatro, cinco vagões, eu os contei, a lua estava escondida atrás de uma nuvem bege, da qual a neve caía tão pesada, e no entanto ainda dava para ver a lua, como o aro de um barril mergulhado no fundo de um riacho que corre por um leito não muito fundo, sete, oito, nove, e a neve começou a cair de tal maneira que por um momento eu não vi nem a locomotiva nem o último vagão daquele trem, onze, doze, treze, e depois eu joguei o aparelho com delicadeza, como se deixasse cair uma flor num riacho, eu calculei com precisão, atirei quando a frente do vagão estava bem embaixo de mim, e o aparelho caiu bem no meio do vagão, que tinha avançado para baixo daquela coisinha que agora jazia ali e que levaria o trem rigorosamente vigiado para o seu fim, e eu continuei olhando para o vagão até o último instante, até que a neve o borrou por completo, e então decidi que ia ficar olhando dali de cima até que se passassem aqueles quatro minutos, eu ia observar daquele posto, esperando como um caçador o momento da catástrofe, e então vi que já se aproximava o último vagão, que tinha uma guarita, e dela de repente saiu um longo cone de luz que se concentrou na minha direção, e eu puxei o revólver e vi o cano de um rifle cintilar bem embaixo de mim. Eu disparei, e ao mesmo tempo alguém disparou da guarita, e a lanterna caiu no chão e continuou iluminando o solo de cascalho, e da guarita do trem alguém caiu ao lado dela e rolou até a vala. E eu senti uma dor no ombro, e o revólver caiu da minha mão e eu caí de cabeça, mas meu casaco ficou preso num gancho, o semáforo fez um barulho, a luz verde ficou vermelha e o braço voltou para a posição horizontal, e eu fiquei pendurado de cabeça para baixo e ouvi meu casaco rasgando, e do meu bolso caíram as chaves e umas moedas soltas, e elas passaram pelas minhas orelhas, que zuniam, e eu vi o trem se afastar, ele já tinha feito a curva e apareceu com as rodas para cima, como se andasse pelo teto da noite, as luzes vermelhas foram se distanciando, e na vala ao lado do semáforo eu vi o soldado, que tinha se encolhido como um novelo, a neve caía sobre ele, que tinha perdido o quepe e era careca, e o meu casaco ia rasgando lentamente, eu senti que embaixo da minha camisa o sangue corria pelo pescoço e chegava à cabeça, e o casaco terminou de rasgar e eu caí de cabeça no chão negro de cascalho, empapado de óleo e vapor. Eu caí sobre as minhas mãos, e as pontas das pedras furaram as minhas palmas. Depois rolei até a vala para junto do soldado alemão, que estava deitado de lado e tinha começado a marchar sem sair do lugar, como se estivesse andando, suas botas pesadas iam arrancando a neve até chegar à terra e à grama congelada, e ele apertava a barriga com as mãos e gemia. Eu levei a mão à boca e, quando tossi, cuspi sangue. Aquele soldado alemão tinha perfurado o meu pulmão, e talvez eu tenha acertado a sua barriga. Agora eu sabia por que o senhor controlador de tráfego Hubička tinha passado a noite toda bufando e cuspindo as palavras. Era como se ele já soubesse do meu fim, porque o senhor controlador de tráfego Hubička nunca tinha medo de nada, aquilo era mais forte do que ele, tudo parecia ter acontecido antes mesmo de acontecer... Eu olhei para o céu, de onde caía neve, depois rolei e me arrastei até o soldado, que tinha começado a gemer e repetir a mesma palavra.

— *Mutti, Mutti, Mutti!*[40] — ele chamava, e eu o olhava, cuspia sangue e sabia que aquele soldado não estava chamando a mãe dele e sim a mãe de seus filhos, porque ele já era careca, e quando eu me inclinei sobre ele tomei um susto, porque vi como ele era parecido com o senhor controlador de tráfego Hubička. E ele continuava apertando a barriga com as mãos, era como se quisesse ir embora daquele corpo baleado, ele ainda marchava sem sair do lugar e com a sola das botas pesadas arrancava a neve até chegar à terra congelada.

Eu abri os braços e deitei de costas, o sangue escorria pelo canto da minha boca e meu peito estava cheio de fogo. E de repente eu vi aquilo que o senhor controlador de tráfego Hubička talvez tenha visto o tempo todo, vi que eu estava perdido, que a única coisa que eu ainda podia esperar era que o trem explodisse, e isso já seria muito na situação em que eu me encontrava, porque a única coisa que eu podia esperar além disso era a morte, se eu não morresse com essa bala os alemães iriam me encontrar e me enforcar, ou fuzilar, como é o costume deles, então eu me dei conta de que estava destinado a uma morte diferente daquela que tentei em Bystřice u Benešov, eu só lamentava ter acertado aquele alemão na barriga, ele mantinha as mãos na virilha e continuava marchando sem sair do lugar, e eu sabia que ele tampouco seria socorrido, porque um tiro que atravessa a barriga é fatal, só que a morte para a qual o alemão marchava estava longe ainda, era como se desse jeito ele nunca fosse alcançá-la, porque marchava sem sair do lugar e marcava o passo repetindo as palavras:

— *Mutti, Mutti, Mutti...*

E aquelas botas se fincavam no meu cérebro. Eu me virei e me arrastei com os cotovelos até as botas do soldado,

[40] Em alemão: "Mamãe! Mamãe! Mamãe!". (N. da E.)

tentei pará-las com as mãos, mas as pernas se moviam tanto que sempre se soltavam, como se fossem as alavancas de uma máquina. Tirei do bolso o barbante com que eu amarrava os números nas bicicletas ou nos carrinhos quando os viajantes os levavam no trem como bagagem, limpei o sangue e com uma das pontas do barbante fiz um laço numa das botas, e quando os pés ficaram lado a lado eu lacei também a outra bota, por um momento aquelas pernas pararam de marcar o passo, mas ainda davam solavancos, e depois romperam o barbante com sua força de máquina e continuaram riscando o chão, até apressaram o passo, e o soldado começou a chamar ainda mais alto:

— *Mutti, Mutti, Mutti!*

E isso me fez recordar mais ainda aquilo que eu não queria lembrar, de como amanhã mamãe vai estar de pé atrás da cortina me esperando, mas eu nunca mais vou entrar em casa, e não vou dobrar a esquina da praça, e ela não vai balançar a persiana para mostrar que estava me esperando e que agora que me viu está feliz, porque minha mamãe nunca dorme em paz quando eu faço plantão noturno, e da mesma forma é possível que a mulher deste soldado também não durma desde que ele foi para o *front*, é possível que ela também esteja esperando atrás da persiana, e espera que alguém venha pela rua ou dobre a esquina, e que esse alguém seja este que está marchando sem sair do lugar e que a está chamando, e ele segue em frente, em frente, e o único lugar para onde a custo ele avança é a morte. Eu me arrastei até o ouvido dele e gritei:

— *Ruhe! Ruhe!*[41]

Mas aquele soldado já tinha entendido tudo, e eu, quando pus a mão na neve para me apoiar, senti o cano frio do

[41] Em alemão: "Descanse, descanse". (N. da E.)

fuzil, então o segurei e rolei para o lado. O soldado estava deitado, e eu de frente para ele. Eu pus o cano no lugar onde fica o coração, eu confundi o lado esquerdo com o direito, e para ter certeza tentei escrever no ar, primeiro com uma mão e depois com a outra, e sim, agora eu tinha posto o fuzil no coração do soldado, para que ele parasse de chamar, parasse de marchar na minha cabeça, e apertei o gatilho. Ouvi o disparo e um fogo abafado chamuscou o uniforme, senti cheiro de lã e algodão queimados, mas o soldado chamava ainda mais a mãe dos seus filhos, sua mulher, e marchava ainda mais depressa sem sair do lugar, como se desse os últimos passos para chegar no jardim e depois em casa, onde vivia o amor da sua vida... E a neve parou de cair, a bela lua saiu, os ponteiros coloridos dos segundos faziam tique-taque em todos os flocos da paisagem em torno, e uma correntinha branca de prata brilhou em volta do pescoço daquele soldado, e naquela corrente tinha alguma coisa que o soldado apertou com as duas mãos, depois chamou ainda mais alto:

— *Mutti!! Mutti!!*

Eu encostei o cano do fuzil em seu olho e apertei o gatilho, ainda deitado naquela posição estranha. Então ouvi que ele se calou, vi que suas pernas se moviam mais lentamente e com menos ruído, parando, e deitado em cima dele eu ouvi a calma e o silêncio adentrando o soldado, como tudo foi parando, igual uma máquina empacada. Meu sangue escorria e manchava a roupa do soldado, eu tirei um lenço e tratei de limpar aquela mancha de sangue, puxei o ar e comecei a engasgar, mas me virei com toda a força que tinha e peguei a correntinha que o soldado estava apertando, seu rosto agora estava calmo, só que no lugar do olho direito tinha um buraco chamuscado, como se fosse um olho roxo... e eu arranquei a corrente que o morto apertava, e sob a luz da lua vi que ela tinha um medalhão, num dos lados havia um trevo verde de quatro folhas e no outro estava escrito:

Bringe Glück.[42] Mas aquele trevo de quatro folhas não trouxe boa sorte, nem ao soldado nem a mim, ele também era um ser humano, como eu e como o senhor controlador de tráfego Hubička, ele também não tinha condecoração nem patente, e mesmo assim nós atiramos um no outro e nos matamos, mas se tivéssemos nos encontrado em trajes civis teríamos provavelmente gostado um do outro e conversado.

Então veio a explosão. E eu, que até um momento antes estava esperando aquele espetáculo, continuei deitado junto do soldado alemão, estiquei o braço e abri a palma da mão dele, que ia ficando rígida, e coloquei nela o trevo verde de quatro folhas que traz sorte, enquanto uma nuvem em formato de cogumelo subia dos campos para o céu, crescendo sem parar, em andares cada vez mais altos de nuvens de fumaça, eu ouvi a pressão do ar atravessando os campos, sibilando e assoviando em galhos nus de árvores e arbustos, fazendo estremecer as correntes da engrenagem do semáforo, fazendo peso no seu braço, que chacoalhava, mas eu só tossia e me engasgava com meu próprio sangue. Até o último momento, antes de começar a me perder de vista, eu segurei a mão do homem morto e repeti para os seus ouvidos, que não mais ouviam, as palavras do chefe do trem expresso que trouxe aqueles alemães infelizes de Dresden:

— Deviam ter sentado o rabo em casa sem sair...

[42] Em alemão: "Trago sorte". (N. da E.)

BOHUMIL HRABAL
ENTRE O ABSURDO E A TRANSCENDÊNCIA

Šárka Grauová[1]

Quando Bohumil Hrabal caiu da janela do quinto andar do hospital Bulovka, em 3 de fevereiro de 1997, sua morte colocou a última peça orgânica no quebra-cabeça de uma vida que oscilou entre a realidade e o mito. Ou, mais precisamente: entre diversos mitos. O episódio trazia uma típica interrogação hrabaliana: ele alçou voo para a eternidade acidentalmente, enquanto alimentava os pombos, ou, aos 82 anos, perdeu a paciência com as limitações do corpo, as depressões psíquicas, as angústias esmagadoras da velhice e uma existência voluntariamente privada da escrita, decidindo, mais uma vez, criar para si um "destino artificial", que lhe permitisse ser o verdadeiro dono de sua vida?

A morte nunca foi um tema distante para Hrabal, que nasceu às vésperas da Primeira Guerra Mundial e viveu sua juventude em um país ocupado pelos alemães. Ela marcou sua vida e seu pensamento desde cedo, de duas maneiras: ainda jovem, ele teve diversas experiências pessoais que o aproximaram da morte, ao mesmo tempo que sua visão de mundo foi moldada pela filosofia existencialista, especialmente

[1] Šárka Grauová é professora universitária e tradutora. Verteu para o tcheco obras de Machado de Assis, Lima Barreto, Mário de Andrade, Chico Buarque e Ailton Krenak, entre outros. Atualmente é pesquisadora afiliada à Universidade Palacký, de Olomouc, na República Tcheca.

pelas obras de Sartre e Camus, que ele leu com fervor durante e depois da guerra.

Essa dupla ancoragem foi decisiva para o jovem Hrabal: embora fosse um leitor voraz, mesmo durante o período em que buscava um estilo próprio, sua escrita nunca soou como algo artificial ou excessivamente literário. O fundamento de toda sua obra está nas particularidades vivas, conhecidas em sua concretude; é nelas que se enraíza, e delas brota tudo o mais. Ver as coisas, estar presente — essa é a condição essencial para o trabalho literário de Hrabal. Esse foi um aspecto crucial para a formação de sua autonomia como pensador, graças à qual, mesmo vivendo boa parte de sua vida entre pessoas à margem da sociedade, ele nunca caiu, como escritor, na armadilha da ideologia comunista, que servia mais ou menos ao regime totalitário, a depender do momento histórico.

A singularidade da ficção e da "prosa jornalística" de Hrabal reside justamente na forma como ele incorpora experiências pessoais, muitas vezes se colocando deliberadamente em situações que considerava essenciais para alcançar uma experiência de vida autêntica. Não seria exagero afirmar que ele passou a vida reinterpretando e ressignificando suas vivências. Essa busca incessante por autenticidade e intensidade existencial, junto com uma certa inclinação a ficcionalizar sua própria vida e o desejo de se fundir ao máximo com os horizontes de seus interlocutores, torna difícil responder à pergunta sobre quem foi Bohumil Hrabal e o que sua morte representa, mesmo após a vasta quantidade de livros que tentaram jogar luz sobre a figura deste que foi um dos maiores escritores tchecos da segunda metade do século XX.

> Percebi que a essência da vida consiste em questionar-se sobre a morte, sobre como me comportarei quando chegar a minha hora; que não é

> a morte, de fato, mas o ato de questionar-se o que possibilita um diálogo sob a perspectiva do infinito e do eterno; que a própria busca de uma solução para a morte é a origem do pensamento no belo e sobre o belo, porque saborear a falta de sentido do seu caminho, que de qualquer modo sempre terminará antes do desejado, este vivenciar e comprazer-se com a própria ruína, é algo que enche o ser humano de amargura e, portanto, de beleza.

Essa frase do narrador de *Eu servi o rei da Inglaterra* equivale a uma epígrafe a toda a obra de Hrabal.

* * *

Bohumil Hrabal nasceu em 28 de março de 1914, três meses antes do início da Primeira Guerra Mundial, na cidade de Brno, capital da Morávia, filho ilegítimo de Marie Kiliánová. Seu pai biológico, Bohumil Blecha, era oficial do exército austro-húngaro e logo partiu para integrar o corpo militar na Galícia. A personagem central de sua infância foi sua avó Kateřina, uma católica devota, com quem passou os três primeiros anos de vida e manteve uma relação próxima até sua morte, em 1950.

Em uma de suas autointerpretações, Hrabal enxergou em seu nascimento um reflexo simbólico de outro filho ilegítimo, também nascido de uma mulher chamada Marie — Jesus. Podemos ainda acrescentar a esse simbolismo seu nome de batismo, Bohumil, que é uma junção das palavras "Bůh" — Deus — e "milý" — amado —, ou seja, Amado por Deus. É característico que Hrabal, filho de pai desconhecido, tenha, ao contrário de Jesus, uma relação reservada e dolorida com Deus e seus inescrutáveis desígnios para com o ser humano.

Sua relação com o cristianismo nunca foi serena. De espírito rebelde, Hrabal se opunha ao cristianismo "domesticado", marcado pela hipocrisia pequeno-burguesa e pela pompa eclesiástica. E, embora carregasse em si um senso profundo do sagrado e uma rara capacidade de maravilhar-se diante da vida, não podia se identificar com o cristianismo institucionalizado e seus representantes.

Alinhado a valores que o regime comunista, após 1948, trataria como hostis, Hrabal não era capaz de atacar a Igreja. Fazê-lo significaria unir-se àqueles que perseguiam padres, religiosos e escritores cristãos, que transformavam igrejas barrocas em chiqueiros e armazéns e enviavam bibliotecas inteiras, manuscritos valiosos incluídos, de castelos para a sucata. Com o tempo, seu protesto silencioso contra esse cristianismo despojado de seu espírito radical transformou-se em uma "ressignificação" de seus símbolos e conceitos, reinterpretados e transportados para contextos terrenos e, por vezes, profanos.

É assim que, por exemplo, em *Vita nuova* (1987), segundo volume de sua chamada trilogia autobiográfica, lemos esta cena, transcorrida em uma taverna popular e contada a partir da perspectiva de sua mulher, Eliška, apelidada Pipsi:

> Aquela fumaça se erguia no salão banhado de sol e brilhava intensamente cada cigarro ascendia e na luz da manhã da taverna Libuše parecia o incenso subindo do turíbulo numa grande missa matinal...
>
> E o meu marido sempre ficava à espera enquanto o senhor taberneiro contemplava com devoção a caneca de cerveja erguida em sua mão como se fosse uma hóstia consagrada no ostensório depois finalmente a levava aos lábios e calmamente tomava um gole engajando todas as suas papi-

> las gustativas da boca e da garganta... quando terminava de beber ele fazia uma pausa e refletia e quando assentia com a cabeça os céus se apaziguavam pois a cerveja era boa e o taberneiro tornava a lavar o copo de vidro fino na pia onde a água benta subia e descia constantemente por um cano [...] e ao servir a cerveja o senhor Brabec não fazia como os outros atendentes que comandavam o balcão como quem celebra uma missa comum [...] quando o senhor Brabec celebrava a sua missa era uma coisa solene e séria como a Missa do Galo... ou a grande missa do Natal... ou a missa festiva da Ressurreição...

Em 1916, sua mãe, amante da vida e brilhante contadora de histórias, casou-se com František Hrabal, um homem metódico que chegou a ser diretor de uma cervejaria em Nymburk, e que criou o menino como seu próprio filho. O mundo mágico da cervejaria de Nymburk tornou-se para Bohumil Hrabal um verdadeiro microcosmo. Após a invasão da Tchecoslováquia por tropas soviéticas e aliados do Pacto de Varsóvia, em 1968, pondo um fim à chamada Primavera de Praga e dando início ao período de "normalização", que restaurou o socialismo com rosto autoritário, Hrabal, sentindo o peso do clima político e social, transpôs essas lembranças de fortes traços idílicos para a novela *Postřižiny* (*Tosquias*, 1974), que em 1981 foi adaptada para o cinema com grande sucesso.

Nos porões gelados, entre enormes caldeirões de cerveja, imerso no perfume do lúpulo, Hrabal absorveu uma de suas lições de vida mais marcantes. Um segundo momento se deu em 1924, quando o irmão de seu pai, Pepin, um contador de histórias nato cujo fluxo narrativo só era interrompido, eventualmente, pelo sono, foi morar com a família. Pepin tornou-se para Hrabal uma fonte de fascinação e imitação, na verdade um segundo pai. Foi com ele que o jovem Hrabal aprendeu a arte da escuta, que o levou a descobrir nas conversas vivas aquilo que muitas vezes passa despercebido ou é ignorado — uma impressão direta da vida deixada na própria linguagem, que carrega em si as experiências de seus usuários. Durante toda sua trajetória, Hrabal seria um apaixonado pela força da linguagem, que ajuda o ser humano a enfrentar as adversidades do destino.

Como é conhecido dos leitores brasileiros de *Uma solidão ruidosa*,[2] a energia linguística desse tipo de narrador popular, à semelhança de Pepin, daria origem às narrativas expansivas e repletas de digressões que se tornaram a base do estilo singular de Hrabal, fortemente inspirado pela oralidade. Ele batizou esse estilo de *pábení*, um termo reinventado por ele próprio, e seu protagonista, de *pábitel*. No conto "Os pábitels" ("Pábitelé", publicado em 1964 no livro homônimo), o narrador descreve com precisão esse tipo:

> ... nosso rapaz imagina tudo. Nosso rapaz, ao ouvir uma torneira pingando, já pega o lápis e desenha as Cataratas do Niágara; nosso rapaz, ao furar o dedo, já sai perguntando quanto custa um funeral de terceira classe. Estímulos mínimos, consequências máximas.

Foi com seu tio Pepin que Hrabal descobriu o gênero do folclore urbano, uma tradição poderosa, mas um tanto escondida, que já havia sido explorada anteriormente por Jaroslav Hašek e outros escritores tchecos — histórias de taverna, uma forma de relato que os frequentadores assíduos

[2] Na tradução de Bruno Gomide (São Paulo, Companhia das Letras, 2010) do romance *Příliš hlučná samota*, de 1976.

desses espaços contam à mesa, regadas a cerveja, e cujo objetivo é narrar um episódio pessoal apresentado como verdadeiro, mas que, ao mesmo tempo, se caracteriza por uma exagerada e cômica distorção da realidade. Essas histórias não são anedotas no sentido comum, pois não possuem caráter generalizado ou universal, tendo como fundo a experiência e a vivência. Tanto Hašek quanto Hrabal, fascinados pelos narradores espontâneos, aproveitaram o espírito dessas histórias para transformar sua prosa artística, mantendo, contudo, uma forte conexão com a oralidade.

Curiosamente, a única disciplina em que realmente se destacava o menino Hrabal, um aluno travesso que várias vezes teve que mudar de escola e várias vezes foi reprovado, eram as histórias bíblicas, o que, de maneira discreta, já antecipava seu questionamento contínuo sob o prisma da eternidade. Por incrível que pareça, nesse autor de uma literatura frequentemente marcada por uma crueza que beira o insuportável, o personagem por assim dizer literário que mais aparece em suas referências é Jesus, seguido de Lao-Tsé.

Em 2023, chamou a atenção a descoberta de onze gravações em fita cassete com falas que Bohumil Hrabal proferiu no início da década de 1980 na casa pastoral protestante da pequena cidade de Libice nad Cidlinou, não longe de sua casinha de veraneio. Esses discursos espontâneos de Hrabal, que ocorriam após as reflexões do pastor local, seu amigo, revelam uma espiritualidade que seus leitores e críticos intuíam, mas não conseguiam apreender de forma convincente. São ideias com as quais já nos deparamos em sua obra, embora frequentemente aparecessem em estado bruto, não trabalhado; agora, formuladas de maneira nova e fresca, são levadas a conclusões e implicações que, nos livros de Hrabal, permanecem apenas sugeridas.

Embora não tenha estado no *front* de batalha, Hrabal seguiu, desde o momento em que foi confrontado com a atrocidade da Segunda Guerra, caminhos espirituais próprios, nos quais desempenhavam um papel importante tradições espirituais diferentes da fé católica de seu meio familiar. Ele acreditava — e nisso estava próximo da forma de pensar contemporânea — que a humanidade, em sua jornada histórica, continua a redescobrir certos *insights* fundamentais sobre a verdade eterna, cujas expressões individuais dialogam entre si através de séculos e continentes.

Sua luta interna contra o sentimento de absurdo, que muitas vezes emergia da dor inerente à vida que ele presenciava, levava-o ao desafio constante às leis do mundo e à resistência aos céus. A oposição entre a beleza da vida e o sofrimento sem limites, ironia e deslumbramento, dos quais, a partir de suas raízes entrelaçadas, nasce a ambiguidade de narrativas hrabalianas, constitui os polos centrais de seu universo mental. Também a célebre frase que Hrabal fez imprimir em 1967 no anúncio de falecimento do tio Pepin, cujo modo saboroso de recontar a realidade é um gesto tipicamente hrabaliano de enfrentamento da face sombria da vida, aponta nesse sentido: "Ah, minha Nossa Senhora, a vida é, de qualquer jeito, bela, não que seja, mas é assim que eu a vejo".[3]

Por volta de seus vinte anos de idade, Hrabal passou por sua primeira grande transformação de vida, que fez dele, amante das mulheres, do vestir elegante e da cerveja, um apaixonado pela palavra escrita. "Desde os vinte anos", comenta ele, "sou um grande entusiasta do aprendizado, leio muito, e quanto mais difícil se torna a leitura, mais obcecado eu fico."[4] Embora os autores que ele considerava congeniais

[3] Tomáš Mazal, *Spisovatel Bohumil Hrabal* (*O escritor Bohumil Hrabal*), Praga, Torst, 2024, p. 173.

[4] "Interview Na Hrázi věčnosti", em *Domácí úkoly z pilnosti* (*Os deveres de casa da diligência*), *Spisy Bohumila Hrabala* (*Obras de Bohumil Hrabal*, doravante SBH), vol. 6, *Ze zápisníku zapisovatele: publicisti-*

fossem poucos, Hrabal lhes permaneceu fiel durante toda a vida. Entre eles, estavam os tchecos Jaroslav Hašek, Ladislav Klíma e Jakub Deml, além de europeus como Ungaretti, Tchekhov e Céline, tendo um lugar especial escritores judeus como Kafka, Isaac Bábel e Bruno Schulz, e ainda, do outro lado do Atlântico, William Faulkner. E sempre os grandes mestres das tradições místicas: Santo Agostinho, Mestre Eckhart, Jakob Böhme, os rabis hassídicos da Galícia. Essas leituras intensas coincidem com a fase inicial de sua obra: ao encontrar sua própria poética, Hrabal aparentemente perdeu o interesse por uma leitura onívora, que antes funcionava como guia, e passou a retornar àqueles autores de sua escolha, tratando-os como fontes de constante renovação e, talvez, de autoconhecimento. "Hoje, prefiro sentar e deixar que voltem para mim frases que aprendi de cor daquele livro, o *Livro canônico da virtude*, de Lao-Tsé. Sento-me e tenho-as na boca como um doce, o dia inteiro sou capaz de me alimentar com uma única frase que me veio, não ressurgida dos mortos, mas revivida em mim e por mim, de tal maneira que tenho a sensação de estar salvo", conta ele numa entrevista.[5]

Em 1935, cedendo à pressão de sua mãe, ele se inscreveu na Faculdade de Direito da Universidade Carolina de Praga, mas o que o fascinava eram as aulas da Faculdade de Letras — história da literatura tcheca e universal, arte e filosofia. Nessa época nasceu sua paixão por leituras filosóficas, de Platão a Wittgenstein, com um lugar muito especial ocupado por Kant, Schopenhauer e Nietzsche. Aliás, foi sob a impressão de um curso sobre Schopenhauer que ele começou a formar sua própria visão do mundo e aventurar-se na

ka (*Do caderno de notas de um anotador: jornalismo*), Praga, Mladá Fronta, 2018, pp. 173-4.

[5] *Ibidem*, p. 175.

criação literária. Datilografando numa preciosa máquina Underwood, livre apenas nos fins de semana no escritório de seu pai, e utilizando os formulários da fábrica de cerveja de Nymburk, Hrabal começava a descobrir a escrita.

A Segunda Guerra Mundial proporcionou a Hrabal diversas experiências extremas, nas quais ele se viu confrontado com a proximidade da morte. Após a morte de Jan Opletal, estudante de medicina ferido em um protesto antinazista ocorrido em 28 de outubro de 1939, Hrabal, então aluno da Faculdade de Direito, escapou, por pura coincidência — ao encontrar um amigo e ir com ele beber cerveja numa taverna —, da detenção, execução e deportação para Sachsenhausen, um campo de concentração nazista, destino que acometeu seus colegas durante um protesto desencadeado pela morte de Opletal.

Com o subsequente fechamento das universidades tchecas, o jovem Hrabal, forçado a abandonar os estudos, mergulhou em um mundo bem distante do intelectualismo: as ferrovias. Trabalhou como operário ferroviário, assistente de mestre de linha e, por fim, como controlador de tráfego na estação de Kostomlaty, povoado a sete quilômetros de Nymburk, sua cidade natal. Durante o conturbado período da Segunda Guerra Mundial, Hrabal se viu confrontado duas vezes com o perigo iminente da morte, e ambas as situações se tornaram pontos de partida cruciais para o que viria a ser *Trens rigorosamente vigiados*. Mas, como muitos outros episódios marcantes em sua vida, essas experiências foram reinterpretadas de diversas formas por ele próprio, um *pábitel non plus ultra*, atribuindo-lhes novos significados e perspectivas.

Na primeira ocasião, os guerrilheiros tchecos haviam sabotado um trem que transportava munição perto da estação onde Hrabal trabalhava. Hrabal, que ficou na estação, foi interrogado pela temida Waffen-SS. Revólveres foram postos sobre a mesa do telégrafo, uma ameaça imediata da morte. Contudo, não foi executado. No dia seguinte, os soldados retornaram à estação, mas de novo acabaram por liberá-lo.

A segunda vez que a morte se aproximou de Hrabal foi ainda mais tensa. Os guerrilheiros sabotaram os trilhos próximos à estação de Kostomlaty, obrigando o trem vigiado, que recuava diante da ofensiva do Exército Vermelho, a parar. Hrabal foi levado à locomotiva por dois soldados da SS, cujas pistolas estavam apontadas para suas costas, e foi ali, em frente ao comandante do trem, que ele mais uma vez se viu à mercê da sorte. O comandante, com um gesto silencioso e inesperado, fez um movimento com o queixo e sinalizou para que o trem parasse. As pistolas foram afastadas e Hrabal foi libertado.

Em um texto do final da década de 1980, ele relata:

> Eu também, no final da guerra, poderia ter sido uma das vítimas do *Totalkrieg*... Dois membros da SS estiveram prestes a me matar... Mas, felizmente, o chefe do comboio rigorosamente vigiado era austríaco... Pela primeira vez, alguém me olhou com os olhos de Schopenhauer: "*Alle Liebe ist Mitleid*", e então fez um sinal e o trem parou, e eu voltei pelos trilhos até minha estaçãozinha. Já se passaram quarenta anos desde esse acontecimento... O fato de eu ter escrito, ao longo desse tempo, pela lei do reflexo, uma série de livros sobre o que vivi e sobre o que os outros viveram, sempre vivendo e escrevendo inabalavelmente... "Todo amor é compaixão".[6]

[6] "Zum Ewigen Frieden" ("Pela paz eterna"), SBH, vol. 18, p. 214.

Com o fim da guerra, Hrabal retorna a Praga para concluir seus estudos de direito, mas, em uma segunda grande transformação, acaba rejeitando a carreira jurídica. Trabalha como agente de seguros e posteriormente como caixeiro-viajante na empresa H. K. Klofanda, onde se dedica a oferecer aos clientes produtos de drogaria, artigos de armarinho e brinquedos... Aos poucos, vai se afastando do meio pequeno-burguês que o formou. Ingressou no Partido Comunista em 1945, influenciado pelo assim chamado poetismo tcheco,[7] pelo surrealismo e pela arte de vanguarda, que, naquele momento, estavam associados ao movimento comunista. No entanto, deixou o partido em menos de um ano, "enviando um bilhete-postal com a explicação de que as mesmas razões que me levaram a entrar no partido agora me fazem sair".[8]

Sua trajetória de vida pode, em grande medida, ser lida como um reflexo crítico da história tcheca no século XX, embora Hrabal tenha transformado aquilo que lhe foi imposto pelas circunstâncias em elementos de uma elaborada autoestilização, outorgando-se uma autoridade singular sobre sua biografia por meio do conceito já mencionado de "destino artificial", a crença de que o escritor deveria se colocar em situações desafiadoras e até contrárias à sua vontade para compreender os outros e alcançar uma verdade mais profunda: "Sempre procurei me colocar em um emprego que me le-

[7] O poetismo tcheco, surgido por volta de 1923, é um movimento literário e artístico que valoriza a emoção, a subjetividade e a beleza do cotidiano. Influenciado por vanguardas como o cubismo e o futurismo, busca romper com as convenções e exaltar o lúdico e o extraordinário nas experiências diárias. No Brasil, pode ser aproximado do Pau-Brasil que, assim como o poetismo tcheco, visou uma renovação estética e linguística, destacando o cotidiano e a liberdade criativa. Autores como Vítězslav Nezval e Jaroslav Seifert foram importantes representantes.

[8] Tomáš Mazal, *Spisovatel Bohumil Hrabal*, *op. cit.*, p. 115.

vasse ao desespero [...] Aprendi a olhar ao meu redor e, só então, para dentro de mim, encontrando uma ficção que diz mais sobre a realidade do que a banalidade cotidiana".[9]

Após a Segunda Guerra Mundial, a Tchecoslováquia foi um dos poucos países da Europa Central e Oriental a manter uma estrutura democrática, com um governo de coalizão multipartidária que incluía o Partido Comunista. Contudo, o golpe de 1948 marcou a ascensão de um regime autoritário comunista, que promoveu uma reviravolta nas posições sociais. As elites pré-guerra foram deslocadas de seus cargos de liderança e enviadas às fábricas, enquanto operários ocuparam as posições de poder sob a premissa da "ditadura do proletariado". Um caso conhecido do leitor brasileiro é o do estudante Ludvík Jahn, protagonista de *A brincadeira* (1967), primeiro romance de Milan Kundera. Um fervoroso comunista, Jahn foi expulso no início da década de 1950 da universidade e do partido devido a um postal zombeteiro enviado a uma colega com a mensagem "Viva Trótski".

Esse contexto histórico afetou diretamente Hrabal, tanto por sua origem social burguesa quanto pelas acusações de trotskismo que lhe foram impostas. No verão de 1949, após a detenção de seus amigos de Nymburk — que haviam ingressado no Partido Comunista com ele —, Hrabal foi convocado e recebeu um ultimato do escritório de comando militar: ou trabalhava em siderúrgicas ou minas, ou seria preso. Hrabal escolheu a primeira opção, distanciando-se de sua cidade natal, onde sua família o protegia das armadilhas da vida, e também da poesia lírica de seus inícios literários, mudando-se para a periferia de Praga, em Libeň.

[9] "Interview s Jazz clubem", em *Domácí úkoly z pilnosti* (*Os deveres de casa da diligência*), Praga, Československý Spisovatel, 1982, pp. 97-8; SBH, vol. 6, pp. 159-61.

Não há dúvida de que o ingresso de Hrabal na "*brigáda*" (trabalho voluntário, mas que, na prática, durante os anos do estalinismo, era forçado) da siderúrgica, no verão de 1949, foi uma experiência iniciática de importância fundamental. Ele descreve a ruptura que essa experiência causou em seu estilo de vida e na sua perspectiva criativa da seguinte forma:

> Eu me desliguei da cidadezinha onde escrevia minha poesia lírica e, nos anos 1950, me mudei para a periferia de Praga, para Libeň, onde morei na rua Na Hrázi [rua do Dique], que depois chamei de Na Hrázi věčnosti [rua do Dique da Eternidade]. Naquela época, eu ia trabalhar nas siderúrgicas de Kladno, na Poldi Steel. Mudei não só meu modo de vida, mas também minha poética. Passei a escrever prosa, algo que hoje chamamos de "jornalismo literário". Minha compaixão passou a ser voltada para o "*uomo qualunque*", as pessoas comuns com as quais eu trabalhava e vivia, e com elas descobri a essência humana. Assim, encontrei, no fundo de cada pessoa verdadeira, uma pérola.[10]

Apesar disso, Hrabal inicialmente manteve certa distância da periferia, como atesta o fato de ser frequentemente chamado de "doutor", até em seus próprios textos. Com o tempo, no entanto, passou a enxergá-la como seu ambiente natural. Mais tarde, incorporou sua posição de "falso proletário" ao mito hrabaliano, alinhando-se à ideia romântica de um descenso voluntário à base da sociedade, onde se dava a "vida de verdade". Assim, somente ao conhecer profunda-

[10] *Ibidem.*

mente as camadas mais baixas seria possível escrever uma literatura digna desse nome. Esse processo de inicial distanciamento e posterior assimilação da periferia reflete sua crença de que a verdadeira experiência da vida se dá longe das convenções da classe alta — a qual, naquele momento histórico, enfrentava uma perseguição ímpar.

Quanto mais Hrabal se afastava da experiência primordial, mais idílicos seus relatos ficavam. Vejamos a descrição que encontramos em *Svatby v domě* (*Casamentos no prédio*, 1984), primeiro volume de sua trilogia autobiográfica:

> Olhei ao redor e vi que vivia com meus pais e meu irmão em um apartamento de três quartos, que eu tinha minha própria biblioteca em um belo escritório. Em suma, vivia como um imperador da França sem ter conquistado nada. Fugi envergonhado daquele conforto e só me acalmei quando cheguei a este quarto [em Libeň], uma antiga oficina de ferreiro, onde não havia nada. Ali eu mesmo pintei as paredes, arrumei móveis e fiz tudo com o dinheiro que ganhei em Kladno, nas siderúrgicas, na fábrica Poldi, sob o olhar gracioso da figura feminina que adornava seu emblema — uma bela cabeça com um cacho chamuscado pelas estrelas... E assim me tornei um homem coroado pelas estrelas.

Mas não seria Hrabal se tivesse criado apenas um mito coeso e imutável. A narrativa da "descida ao fundo" ganha ressonâncias distintas em suas falas na casa paroquial em Libice, onde, ao descer a esse "fundo", Hrabal encarnava, em suas próprias palavras, um "Cristo menor", guiado por um amor "eficaz", conectando-se com a essência humana em sua forma mais autêntica:

> Naqueles anos em que estive nas fábricas e oficinas, criei amizades eficazes com os trabalhadores de Kladno. Tudo o que existe em minha literatura foi aprendido com pessoas simples, até mesmo desajustadas, loucos santos. Vivi como um Cristo menor. Lá, compreendi que Cristo, em sua juventude, preferia estar entre mulheres de reputação duvidosa, coletores de impostos, pescadores e excêntricos. Bem, é assim que vivo até hoje. Até hoje eu fico sentado nas minhas tavernas... Não estou exagerando, nem tentando me gabar, dizendo que sou esse tipo de Cristo de menor estatura. Não sou o Filho de Deus, mas sei o que está em jogo, e sei que tudo se resume à comunicação com as pessoas, à entrega ao outro. (16/12/1984)[11]

A reação de Hrabal à brutalidade do ambiente da siderúrgica torna-se evidente nas imagens ambivalentes da Poldi Kladno em sua epopeia *Krásná Poldi* (*A bela Poldi*, 1950). A descrição das condições de vida no alojamento dos trabalhadores evoca uma atmosfera quase claustrofóbica, carregada de detalhes crus — e não é difícil imaginar o impacto que isso deve ter causado no "doutor" de 35 anos:

> Pelas janelas abertas do barracão da moradia espalha-se um cheiro de urina, enquanto os trabalhadores dormem amontoados nos beliches, exatamente como caíram no sono após o turno da noite, oferecendo os pulsos às seringas de luz, homens barbudos e desgrenhados, com pescoços quebrados

[11] Bohumil Hrabal, *Bohové jste vy* (*Vós sois os deuses*), organização de Pavel Hošek, Praga, Biblion, 2024, p. 38.

e braços torcidos, jogam cartas, conferindo aos gritos a validade das coisas furiosas.

A própria siderúrgica, descrita por metáforas antropomórficas, é transformada em um ser vivo, divino e ameaçador, que devora insaciavelmente os jovens operários como se fossem sacrifícios, lembrando a figura bíblica de Moloque.

Como já foi mencionado, a trajetória artística inicial de Bohumil Hrabal, marcada pela busca de uma linguagem e uma forma autoral próprias, começou na poesia — e não na prosa, como se poderia imaginar. Esse percurso lembra, de certo modo, o de Guimarães Rosa, especialmente pela posterior incorporação da linguagem poética em suas narrativas. É como se cada detalhe do mundo prosaico de Hrabal carregasse o encantamento da simultaneidade e da atemporalidade da poesia, sempre prestes a explodir em subversão lírica, interrompendo e tensionando o fluxo narrativo.

Um exemplo emblemático dessa fase criativa é a composição poética *Bambino di Praga* (1950), designada como "epopeia", em que Hrabal realiza uma descoberta crucial: o eu lírico emerge como elo capaz de conectar elementos aparentemente díspares, permitindo-lhe apreender uma realidade ao mesmo tempo contraditória e multifacetada. Nesse processo, ele integra à linguagem lírica as falas em estado bruto de suas personagens, muitas vezes marcadas pelo tom vulgar.

Essa evolução poética sinaliza uma transição significativa: da simultaneidade típica da poesia para uma narrativa mais complexa e uma reflexão mais densa sobre a condição humana. Parte essencial desse percurso é a figura do criador-artista, que, em *Bambino di Praga*, ganha contornos metafísicos. Nesse contexto, o artista, frequentemente comparado a Cristo, torna-se símbolo tanto de liberdade quanto de responsabilidade, assumindo um papel central na formação e na compreensão da experiência humana.

O período tumultuado entre 1949 e 1952, durante o qual a poética de Bohumil Hrabal se consolidou, resultou, além dos dois grandes textos poéticos, *Bambino di Praga* e *A bela Poldi*, em duas obras notáveis: o "conto existencial" "Caim" ("Kain", 1949) — posteriormente reescrito como *Trens rigorosamente vigiados* (1965), e sua segunda reelaboração, mais próxima do texto matriz, sob o título "Legenda o Kainovi" ("A lenda de Caim"), incluído no livro *Morytáty a legendy* (*Histórias macabras e lendárias*), de 1968.

"Caim" é uma das pequenas joias da primeira leva de contos de Hrabal e se destaca, entre outros aspectos, por fugir do estilo característico do autor. Excepcionalmente conciso, o texto evita sobrecarregar-se com motivos externos (em comparação com *Trens rigorosamente vigiados*, aqui não aparecem ainda o tema da resistência nem um "anti-herói" condenado ao heroísmo involuntário) e daí provém a força do impacto. Sob a tutela de três grandes obras da literatura universal — *Os sofrimentos do jovem Werther* de Goethe, *Vita nuova* de Dante e *O estrangeiro* de Camus —, Hrabal reflete sobre a guerra e a morte.

O espectro da morte ainda pairava sobre a Tchecoslováquia no período pós-guerra: após 1948, o país vivenciou julgamentos políticos monstruosos, que podiam resultar em penas de morte, e indivíduos considerados indesejáveis, incluindo antigos comunistas, eram condenados a trabalhos forçados em minas de urânio ou enviados a prisões de uma brutalidade ímpar. Entre eles havia escritores e outros intelectuais. Nesse clima tenso, Hrabal reflete sobre o contraste entre determinação e liberdade, o destino preordenado e o livre-arbítrio, um dos temas centrais de sua obra.

A intensidade do texto é imensa, como o próprio Hrabal reconheceu em um posfácio de 1981:

> E após a guerra [...] escrevi "Caim" — meu próprio trauma de amor com o suicídio, uma tentativa de autoaniquilação, reforçada na ideia da naturalidade do suicídio por Plínio, que em seus escritos mencionou várias vezes que, em suas viagens e conversas com pessoas, nunca encontrou alguém que, ao menos uma vez na vida, não tivesse estado em uma situação em que desejasse o não-ser.
>
> Acredito que escrevi esse texto existencial em 1949; pelo que lembro, ainda o escrevi na cervejaria. Foi um fluxo contínuo de frases, e "Caim" ficou pronto em menos de um mês. Recordo que, sempre que o lia, desgostava dele; sentia medo. Naquela época, o que quer que eu escrevesse parecia ter sido escrito dentro de uma nuvem carregada — nada além de desejo, um desejo obsessivo de escrever. Depois disso, havia apenas a máquina de escrever e um fluxo descontrolado, como vômito, como uma confissão daquilo que estava dentro de mim, que me impressionava, que me aterrorizava, mas que eu precisava pôr no papel para me sentir melhor.[12]

No início do conto, o protagonista lança-se ao suicídio, tentando desafiar Deus e reivindicar a liberdade absoluta por meio da morte voluntária. Contudo, é salvo e devolvido à existência — não aquela que escolhera, mas a que lhe fora imposta, com um corpo intacto, porém irremediavelmente cativo. A morte desejada lhe escapa, restando apenas a persistência de uma vida renegada. Com o sinal de Caim marcado no pulso, descobre que sua namorada está grávida. O

[12] Em *Schizofrenické evangelium* (*O evangelho esquizofrênico*), Praga, Melantrich, 1990. Citado de SBH, vol. 1, pp. 447-55.

mundo verá nascer mais uma vida imprevista, e a história do protagonista encontrará eco na do filho que está por vir.

No entanto, quatro meses depois, com o fim da guerra e os comboios de prisioneiros alemães atravessando o país, o protagonista, agora com planos de uma nova vida ao lado da namorada, encontra a morte: após aliviar o sofrimento de um soldado alemão gravemente ferido com um tiro de misericórdia, ele é atingido por uma bala perdida. Desta vez, trata-se de uma morte indesejada — verdadeira, fatal, brutal e absurda, que devolve todo homem ao ponto de partida. Ainda assim, o desfecho do conto não soa absurdo. Nesse sacrifício não intencionado, mas natural, o fluxo dos acontecimentos parece se completar. Embora o narrador, cheio de expectativas quanto à nova vida familiar, não pareça reconciliado com sua própria morte, encontra uma forma de reconciliação com seu destino através da imagem de Cristo — não como Deus, mas como o Filho esquecido por seu Pai:

> Mas eu então disse a mim mesmo: Eu acredito em ti, Cristo, porque tu és exatamente como eu, um mendigo, porque eu sou exatamente como tu, um mendigo. Eu falo contigo surdamente e, com a mesma surdez, tu vais ao Pai surdo. Como se um guarda de trânsito, com um gesto retilíneo, conduzisse um carro de uma rua para a outra. Eu acredito em ti, meu coitadinho, porque de ti brotava exatamente o mesmo sangue, e ninguém podia tirar de ti a ideia de que sofrias inocente.

Em contraposição à realidade do ato livre, surge também, de maneira legítima, a realidade do destino aceito, embora não escolhido. E é justamente nessa capacidade de imergir ativamente no simples destino humano que se encontra outro significado oculto do impacto das prosas de Hrabal. A partir desse ponto, ele já não será capaz de conferir às suas personagens — cujas vozes ele empresta, ou de onde ele narra — uma participação ativa. Aliás, segundo amigos próximos, o próprio Hrabal carregava cicatrizes quase invisíveis nos pulsos, como um "sinal de Caim", cujo sacrifício, por motivos não esclarecidos, não foi aceito. Ou seria este mais um dos mitos que cercam a figura de Hrabal?

Na Poldi Kladno Hrabal permaneceu até julho de 1952, quando sofreu um grave acidente de trabalho: uma das rodas de um guindaste avariado, de 10 quilos, caiu sobre sua cabeça, provocando uma fratura no crânio. Após oito meses de tratamento, retornou, em outubro de 1954, às siderúrgicas de Kladno, mas, ainda no mesmo ano, passou a operar uma prensa de aparas em uma empresa estatal de matéria-prima reciclável no centro de Praga, onde se tornaria mais acessível a amigos de toda ordem. Entre 1959 e 1961, foi montador de cenários e, ocasionalmente, figurante no Teatro S. K. Neumann, em sua querida Libeň.

Com o fim do período mais rígido do estalinismo e sob um contexto político mais flexível, Hrabal publicou em 1963, aos 49 anos, seu primeiro livro, *Uma pérola no fundo* (*Perlička na dně*), uma coletânea de contos que selou sua entrada oficial na cena literária.[13] Num cenário cultural ressecado, há tempos alimentado apenas por uma literatura produzida no rígido molde ideológico, a obra provocou verdadeira comoção. O que se revelava não era um jovem estreante em busca de estilo, mas um autor maduro, pleno, já dono de uma voz singular.

Diferentemente de contemporâneos como Josef Škvorecký (1924-2012), Ludvík Vaculík (1926-2015), Milan Kundera (1929-2023) e Ivan Klíma (1931) — todos ao menos

[13] Desconsideramos aqui uma edição limitada, de duas narrativas, lançada pela Sociedade dos Bibliófilos Tchecos.

uma década mais jovens, forjados sob circunstâncias históricas distintas —, Hrabal parecia desafiar as categorias comuns de geração e pertencimento literário. Tornou-se, assim, um solitário por excelência, uma figura quase impossível de enquadrar nas coordenadas habituais da literatura tcheca e, quem sabe, mundial.

Para Hrabal, a estreia literária trouxe uma mudança decisiva: além de lhe trazer a fama, garantiu-lhe o status de escritor profissional, algo que, na Tchecoslováquia, exigia filiação formal e politicamente monitorada à União dos Escritores Tchecoslovacos. Com esse reconhecimento, ganhou o direito de dedicar-se exclusivamente à escrita, libertando-se da obrigação de buscar outros meios de sustento — uma conquista fundamental, já que, caso contrário, correria o risco de ser acusado de "viver às custas do Estado" e até mesmo preso. É nesse contexto que surge o convite para publicar mais uma obra, levando-o a escrever *Trens rigorosamente vigiados* — seu primeiro livro feito por encomenda de um editor:

> *Trens rigorosamente vigiados* [...] é o meu primeiro manuscrito, no sentido de que eu percebi que o que estava prestes a escrever não seria um escrito *à la thèse*, uma banalidade qualquer. Roland Barthes diz que o manuscrito é um ato de solidariedade histórica, ou seja, eu já contava com um leitor, ou com um número de leitores, ou seja, havia entendido o livro como uma espécie de mensagem. [...] *Trens rigorosamente vigiados* é o meu primeiro manuscrito, a minha primeira literatura engajada, porque de repente percebi que essa minha história não era apenas minha, mas que era uma história de várias pessoas, talvez de milhões, que participaram da guerra ou tiveram de viver aqui sob o regime do protetorado. E não só aqui,

> mas também na Hungria, na Polônia, na Rússia e em outros lugares [...], então escrevi isso como um manuscrito, e não como um depoimento profundamente subjetivo. Já estava contando com o leitor, e já sentia o impacto, o modo como ele provavelmente receberia isso, e o que eu diria a ele para sensibilizá-lo ou para lhe mostrar que até uma pessoa comum, ridícula pode virar o herói...[14]

A trajetória biográfica de Bohumil Hrabal, profundamente entrelaçada com sua produção literária, chega a um ponto de definição nesse momento — um ponto que, no plano literário, é acompanhado por uma mudança de rumo: o escritor, que antes anotava as histórias e a linguagem dos outros, limitando sua subjetividade a um papel participativo, agora conquista uma voz plena, tornando-se o anotador de sua própria vida. Como aponta Jiří Pelán, o "realismo total" é agora abandonado em favor de um monólogo singular, garantido pelo narrador individual.[15] Este, no entanto, continua fiel ao gesto oral do tio Pepin, cuja influência permanece a superar outros modelos possíveis, desde a escrita automática dos surrealistas até as narrativas de William Faulkner. O texto que flui sem parar como um rio e conserva toda a energia emocional da palavra viva será doravante a marca registrada de Hrabal.

A partir da década de 1970, todos os eventos dignos de menção na biografia de Hrabal se conectam direta ou indiretamente ao seu trabalho como escritor, mesmo durante os anos de censura que antecederam a mudança de regime, em 1989. Vale ressaltar que as adaptações que Hrabal fez em

[14] *Kličky na kapesníku* (*Nós num lenço*), SBH, vol. 17, p. 41.

[15] Jiří Pelán, *Bohumil Hrabal: pokus o portrét* (*Bohumil Hrabal: uma tentativa de retrato*), Praga, Torst, 2015, p. 9.

suas obras, em resposta às demandas dos censores, não eram estranhas à sua natureza autoral. Seu estilo, caracterizado pela constante reformulação de suas obras, levou à criação de múltiplas versões de um mesmo texto, o que, por si só, dificulta tanto a definição de uma versão definitiva quanto a análise crítica da obra.

Na mesma época, Hrabal foi forçado ao silêncio. Em 1970, dois de seus livros — a coletânea intitulada *Poupata* (*Botões*, com o subtítulo "Textos frágeis e brutais de 1938-1952"), que pretendia revelar a faceta desconhecida dos primeiros anos de sua trajetória literária, e o livro de reflexões e entrevistas *Domácí úkoly* (*Deveres de casa*) — foram impressos e logo depois enviados para a trituradora. Hrabal foi expulso da União dos Escritores Tchecoslovacos e teve que esperar até 1976 para publicar outro livro, e isso só aconteceu após uma entrevista forçada, na qual, ainda que sem servilismo, ele declarou apoio aos "valores do socialismo", agora novamente totalitário. Para completar, a morte de sua mãe, em fevereiro de 1970, pôs o ponto final sobre um mundo definitivamente perdido.

Retirando-se da vida pública e fugindo da vigilância ameaçadora da polícia secreta, Hrabal mudou-se para sua casinha de veraneio em Kersko, perto de Nymburk, região vinculada à sua infância e juventude. Lá, desfrutou ao menos alguma tranquilidade e solidão, o que lhe proporcionou um profundo mergulho na escrita. No meio da situação pesada, uma coincidência feliz: quando, após organizar os textos de *Botões*, Hrabal esgotou pela primeira vez suas gavetas, precisou se reinventar como escritor. Esse período, destituído de compromissos externos, acabou trazendo algumas de suas obras mais expressivas.

Mergulhando pela primeira vez nas suas memórias pessoais, Bohumil Hrabal escreve o díptico *Tosquias*, terminado em agosto de 1970, e *Městečko, kde se zastavil čas* (*A cidade onde o tempo parou*), em março de 1973 — duas de suas obras, se não as mais admiráveis, certamente as mais bem-amadas. "Este texto é uma crônica sobre minha mãe, meu pai e meu tio", escreve Hrabal à maneira proustiana numa nota a *Tosquias*.

> Enquanto ainda estavam no mundo dos fenômenos, travavam tão firmemente as teclas da minha máquina de escrever que eu não tinha motivo para registrar o traçado poético de suas vidas. Hoje, ninguém mais segura a minha mão, e com surpresa percebo que [...] há uma única pessoa, eu, e mais ninguém, capaz de retratar a cervejaria e a cidade onde o tempo parou [...] e tornar presente esse segmento do qual, através do texto, se pode resgatar uma beldade já consumida pelo tempo implacável.[16]

Neste retorno à memória pessoal pode-se discernir uma resposta psicológica a uma época nefasta; no entanto, é fundamental observar que, ao lado desse refúgio no passado, banhado por uma luz idílica, surgem também, na mesma década, outras obras de grande relevância, que não têm nada do registo de fuga. Foi nesse cenário que, em um transe febril de dezoito dias, ele literalmente martelou em sua máquina de escrever sua obra mais extensa, *Obsluhoval jsem anglického krále* (*Eu servi o rei da Inglaterra*), de 1971.[17] Escrita de um só fôlego, como ele mesmo relatou, essa obra foi como que

[16] SBH, vol. 12, p. 308.

[17] No Brasil, há duas traduções: a de Maria Terezinha M. Cavallari (São Paulo, Best Seller, 1988), cuja fonte é desconhecida, e a de Manoel Paulo Ferreira (São Paulo, Companhia das Letras, 2002), baseada na versão para o inglês de Paul Wilson.

arrancada de uma longa gestação interior. Hrabal descreveu esse processo num texto de 1980 intitulado "Relatório de autópsia do próprio cadáver":[18] durante meses, ou mesmo anos, as imagens o cercavam e o atravessavam, até que, sem aviso, num certo dia, em certa hora e em certo minuto, ele se sentou diante da máquina de escrever, aqueceu os pulsos, como um atleta, e iniciou sua corrida. As imagens surgiam em fluxo, uma puxando a outra, como bois sendo tangidos para o abate; ele as datilografava sem parar, uma página a cada dez ou cinco minutos. Ao fim, sem reler o que havia escrito, sabia apenas que o filme interior havia terminado. O texto surgia, recém-nascido, como se tivesse emergido inteiro da própria respiração do autor. Revisões posteriores eram mínimas: o essencial já estava ali, completo.

Essa "técnica automática" de escrita, enraizada na oralidade, era algo que Hrabal já vinha desenvolvendo desde que, anos antes, tentara acompanhar o discurso infindável de seu tio Pepin. Em *Eu servi o rei da Inglaterra*, a frase inicial já anuncia esse gesto: "Prestem atenção ao que vou lhes contar agora".[19] O fluxo oral não é apenas recurso estético, mas também um modo de existência do narrador, cuja autonomia se afirma com mais nitidez aqui do que nas obras anteriores de Hrabal.

Jan Dítě — cujo nome, de forma eloquente, significa João Criança — é uma figura ambígua, moldada por forças que escapam à sua compreensão: um herói "sem caráter", ele é um serviçal movido por aspirações ingênuas e uma necessidade profunda de reconhecimento. Com surpreendente naturalidade ele atravessa o regime da Primeira República

[18] SBH, vol. 12, pp. 312-6.

[19] Esta frase, a primeira do romance ("Dávejte pozor, co vám teďka řeknu"), não existe na tradução de Paul Wilson e, consequentemente, na tradução brasileira de Manoel Paulo Ferreira.

(1918-1938), o protetorado nazista e o advento do comunismo sem nunca compreender plenamente as estruturas históricas em que está inserido. Por meio dessa ingenuidade estrutural, Hrabal tematiza de maneira impiedosa a colaboração tcheca com os ocupantes alemães, mas sem nunca recorrer ao julgamento moral: não se trata de absolver, mas de tornar visível a confusão ética de um tempo em que os papéis estavam profundamente embaralhados.

Dítě é impulsionado por um misto de oportunismo e deslumbramento. Sonha em tornar-se milionário, mas para servir melhor; quer possuir o que nunca teve, mas sem dominar. Seu movimento é sempre ascendente, até que a história o detém. Expulso do paraíso hoteleiro após se casar com uma alemã entusiasta de Reich, ele perde tudo com a Revolução Comunista de 1948, sendo condenado a trabalhar na manutenção de estradas em uma região fronteiriça do país, esvaziada pela expulsão dos alemães. Lá, sem passado nem futuro, encontra um espaço de escuta e narração, o tempo da contemplação pura. "Aquela estrada, que se parecia com minha vida, crescia atrás de mim com mato e ervas daninhas, do mesmo modo como já estava coberta de capim à frente...", diz ele numa das passagens mais evocativas do livro.

Com o tempo suspenso, resta-lhe contar sua própria vida como um livro "escrito por outro", do qual ele é o único leitor e juiz. A fala torna-se então a única forma de existência, e o reconhecimento último vem daqueles poucos aldeões que, na noite do Natal, atravessam a neve para ouvir sua história. Hrabal, nesse gesto, firma seu credo literário, tal como escreveu Jiří Pelán em um texto seminal sobre o autor:

> A história de vida de um *outsider* adquire sentido pelo simples fato de ter sido narrada. O relato é mais importante do que o narrador e possui sua própria ética: é sempre a imagem de alguma verda-

de. A pergunta sobre quem nos contou essa história (se era uma boa ou má pessoa, culpada ou inocente, tola ou sábia) perde, nessa perspectiva, a sua importância.[20]

Nessa mesma fase nasceram ainda a primeira parte de *Příliš hlučná samota* (*Uma solidão ruidosa*), terminada em 1976, uma transposição literária que parte de sua experiência na sucata de papel, e também *Něžný barbar* (*Terno bárbaro*), de 1973, em que evoca seus tempos de boemia e a figura de Vladimír Boudník, um artista de personalidade extraordinária e complexa que ele conheceu na siderúrgica e com quem teve um convívio intenso nos primeiros anos de sua vida em um apartamento peculiar — na verdade, uma antiga forja — em Libeň.

Uma solidão ruidosa é talvez a elaboração mais pungente da tensão entre criação e destruição na obra de Hrabal. O narrador Haňťa trabalha há trinta e cinco anos prensando aparas em uma sucata de papel em Praga. A partir de restos de jornais, tratados filosóficos e obras literárias ele constrói verdadeiras colagens artísticas — apenas para vê-las desaparecer, comprimidas na prensa mecânica. Esse processo cíclico de perda e reconstrução adquire uma dimensão quase mística. Haňťa, um dos grandes pinguços hrabalianos, vive num mundo de contradições absurdas, que por vezes parecem inverter a lógica do real: em eterna contradição civilizatória, uma nação que "há quinze gerações sabe ler" dedica-se incessantemente a destruir livros — da mesma forma como anteriormente os alemães planejaram os campos de concentração de Buchenwald de modo a preservar, no centro da barbárie, o carvalho frondoso associado à memória de Goethe.

[20] Jiří Pelán, *Bohumil Hrabal: pokus o portrét*, *op. cit.*, p. 87.

A prensa de Haňťa, ao mesmo tempo infernal e sagrada, torna-se metáfora da condição humana em tempos totalitários: tudo o que é valioso é triturado junto com o lixo. A memória, a beleza, o pensamento — nada escapa. Ainda assim, Haňťa transforma cada bloco em uma oferenda silenciosa, como se o gesto pudesse resgatar algo do sentido original da vida. Quando Haňťa se vê substituído por uma prensa automática, a devastação é completa. E a resposta é extrema: Haňťa prensa a si mesmo num último pacote, numa espécie de sacrifício final que une corpo, palavra e matéria. Hrabal cria aqui uma meditação radical sobre a dignidade da existência diante do apagamento e da repetição, oferecendo ao leitor uma das mais potentes parábolas literárias do século XX. A morte de Haňťa adquire um valor emblemático que ultrapassa sua figura individual: representa o colapso de uma era. Já não há espaço para ele na sucata de papel, pois a nova ordem instaura não só a automação do trabalho, mas também a diluição da cultura e a recusa da beleza. Substituído por uma máquina e isolado numa coletividade estéril, Haňťa torna-se um sobrevivente de um mundo extinto — um mundo onde ainda era possível dialogar com os livros, pensar a morte e cultivar o gesto poético. Seu fim simboliza o triunfo de uma racionalidade desumanizadora que esmaga tanto o corpo quanto o espírito. Educado "contra a própria vontade" — como ele mesmo diz — pelos livros descartados no lixo, Haňťa padece do que Tomáš Mazal, amigo e biógrafo de Hrabal, chamou de "uma espécie de melancolia transcendental".[21]

Em *Uma solidão ruidosa* e *Eu servi o rei da Inglaterra*, Hrabal confronta o homem comum com a grande história — como se, ao narrar essas trajetórias, tateasse sua própria

[21] Tomáš Mazal, *Spisovatel Bohumil Hrabal*, *op. cit.*, p. 39.

condição. Jan Dítě adapta-se às mudanças e realiza o sonho de ascensão social apenas para ser derrubado pelo curso da história. Haňťa, ao contrário, escolhe manter-se fiel a si mesmo, mas é tragado pelo sistema, oferecendo-se em sacrifício como oferenda final, num gesto de beleza e de resistência à ignorância totalitária. Em ambos os casos, a narrativa torna-se o último abrigo possível: contar é uma forma de existir, transformar a dor em beleza e a memória em gesto ético.

Entre 1982 e 1985, Hrabal trabalhou em um tríptico autobiográfico que teria por título geral *Casamentos no prédio ou Uma vida sem mangas*, com o subtítulo "Textos de um pequeno diário", cuja ironia se revela no contraste entre o tom modesto e a envergadura da obra: são 700 páginas de rememoração densa e estilisticamente ousada, apresentadas sob a capa de um gênero associado tradicionalmente a registros íntimos, cotidianos e femininos. Posteriormente, a partir de um método de corte e montagem, a obra foi reelaborada em três volumes de estruturas formais distintas.

O primeiro, de mesmo nome, tem como subtítulo irônico "Romance de uma moça" e adota o ponto de vista de Eliška, sua esposa, filha de um rico fabricante alemão da Morávia. Criada em uma mansão de catorze cômodos, onde se realizavam bailes anuais, Eliška pertencia a uma família de elite profundamente marcada pelos eventos da guerra. Sua mãe, austríaca e simpatizante do nazismo, pagou caro por sua escolha: após o fim do conflito, ela e parte da família foram expulsas da Tchecoslováquia para a Alemanha. Antes disso, porém, Eliška passou por um campo de detenção, onde foi estuprada por vários soldados soviéticos — violência que a marcou profundamente e a impediu de ter filhos. É com esse pano de fundo que o monólogo longo e vaporoso de Eliška recompõe, de modo paródico, a estrutura do romance trivial, narrando as desventuras de um coração partido que encontra redenção no amor e felicidade no casamento.

Na segunda parte da trilogia, *Vita nuova*, subtitulada "Quadros", Hrabal entrelaça de forma ainda mais radical o cotidiano conjugal e a experimentação formal. O subtítulo alude tanto ao romance de costumes do século XIX quanto às práticas artísticas de Vladimír Boudník, a quem a obra é dedicada, e de outro amigo próximo, Jiří Šmejkal. A escrita adota aqui sua forma mais livre: a pontuação desaparece quase por completo, os capítulos deixam de ser numerados e o texto se transforma num fluxo contínuo, interrompido apenas pelas onipresentes reticências. Ambientado entre 1957 e 1959, o volume acompanha transformações decisivas na vida do autor: os primeiros anos de casamento com Eliška, a saída da central de coleta de papel usado rumo ao Teatro S. K. Neumann, e, por fim, os primeiros passos como escritor profissional.

A terceira parte, *Proluky* (*Lacunas* — termo que designa os vãos entre edifícios deixados após as demolições) acompanha o período em que Hrabal se torna, enfim, um autor publicado e reconhecido. Mas é também o momento em que, após a ocupação de 1968, ele passa a ser visto como um "escritor a ser eliminado". Morrem Francin, seu pai adotivo, o tio Pepin e Vladimír Boudník, o casal deixa o apartamento em Libeň e se muda para uma casinha em Kersko, onde novos personagens se anunciam: os habitantes da aldeia, os gatos e o silêncio como companhia. O mundo encolhe, a paisagem se rarefaz, mas a escrita insiste. A moldura histórica da opressão e da "normalização" perpassa o texto de forma fragmentária, abrindo espaços de suspensão e perda — as verdadeiras "lacunas" da memória e da linguagem. É nessa trilogia que Hrabal, pela primeira vez, se permite uma autorrepresentação direta, mas o faz por meio do olhar da esposa — um gesto de pudor e confiança, que lhe permite explorar a própria biografia sem o anteparo das máscaras anteriores. O efeito é profundamente comovente: Pipsi emerge como figura central, com uma voz capaz de organizar o caos e iluminar os traços mais íntimos da vida conjugal. O que era, até então, matéria dispersa — Libeň, Boudník, o Hotel Paříž, os livros descartados, a figura materna, Francin, o tio Pepin — reaparece sob uma nova luz. Agora, o centro da narrativa é o casal e a construção de uma memória compartilhada.

Mais do que um diário, *Casamentos no prédio* é um exercício literário de grande coragem e empatia. Ao revisitar os próprios passos e os da esposa, Hrabal inscreve sua história pessoal no fluxo conturbado da história nacional: na voz de Eliška emerge o "passado alemão" da Tchecoslováquia, do entusiasmo pró-Hitler à tragédia da expulsão em massa e sem distinção dos alemães durante o pós-guerra. O encontro decisivo entre os dois protagonistas se dá quando seus passados se entrelaçam num presente compartilhado — frágil, efêmero, prestes a ser soterrado pelo rolo compressor da "normalização". Ao dar forma a essa história ao mesmo tempo privada e nacional, Hrabal reafirma o princípio que atravessa toda a sua obra: o valor da escuta, da rememoração e da palavra dita no tempo certo.

Essa virada estilística e ética de Hrabal está intimamente ligada à sua prática de escrita como "fluxo" — tendência que, como observou Milan Jankovič, se acentuou a partir dos anos 1970.[22] Inspirado por Jackson Pollock e Jack Kerouac, Hrabal via sua criação como um gesto contínuo, espontâneo, enraizado tanto na oralidade quanto na escrita automática. Em *Vita nuova*, esse impulso chega ao extremo: a pontuação quase desaparece, os parágrafos se dissolvem em um fluxo rítmico que exige do leitor um novo tipo de atenção — mais intuitiva, menos gramatical. A experiência da leitura, então,

[22] "Text jako proud" ("O texto como correnteza"), em *Nesamozřejmost smyslu* (*O significado não autoevidente*), Praga, Československý Spisovatel, 1991, pp. 211-7.

torna-se uma experiência de imersão no próprio ato criativo, como se acompanhássemos o escritor no momento exato em que a linguagem se forma. Esse "texto como correnteza" — para usar uma expressão de Jankovič — traduz não apenas um estilo, mas uma visão de mundo: um modo de resistir ao esquecimento e de recuperar, na fluidez da fala e da escrita, uma verdade que só pode ser dita a partir do instante vivido.

Concluída — ainda que não publicada — a versão definitiva de *Proluky*, última parte da trilogia, Hrabal publicou *Život bez smokingu* (*A vida sem smoking*), um volume de prosas autobiográficas que marca uma inflexão decisiva: a passagem para uma escrita em que o eu já não se oculta sob máscaras. Entre os textos reunidos, todos compostos em frases de cadência lírica, agora despojadas da ternura feminina que atravessava *Casamentos no prédio*, destacam-se três peças longas e centrais: "Autíčko" ("O carrinho"), um texto insuportavelmente cruel, que reflete a impossibilidade de uma convivência pacífica entre o homem, dono do universo, e o animal — tema onipresente na obra de Hrabal; "Dandy v montérkách" ("Dandy de macacão"), homenagem tardia a Vladimír Boudník; e "Kdo jsem" ("Quem sou eu"), uma confissão dilacerada, lúcida e desarmada.

Mais do que registros de memória, essas narrativas constituem exercícios de exposição deliberada do eu. A intimidade do tom não resulta de um impulso confessional, mas da escolha radical de abdicar da mediação ficcional e assumir a própria vulnerabilidade como material literário. A perspectiva muda — e com ela, também a posição ética do narrador. Hrabal, que outrora se apagava para dar voz aos outros, que se escudava nas figuras de Boudník, tio Pepin ou da própria Eliška, escreve agora de um lugar incontornável: ele próprio.

Essa passagem tem algo de epifania às avessas — não a revelação de uma plenitude, mas a aceitação do esvaziamento. Ao retomar o centro da narrativa, Hrabal não busca reconstruir um eu coerente, mas expor-se àquilo que o atravessa: os gatos, a loucura, os mortos, a falência do corpo, a fadiga da linguagem. O círculo da obra se fecha não por esgotamento formal, mas por uma exaustão de ordem existencial e vital. A escrita já não é espelho nem abrigo — é o que sobra. E, apesar disso, persiste.

A morte da amada Pipsi, em 1987, aos 61 anos, depois de uma longa enfermidade, precipita o colapso. A perda da companheira de vida inaugura um tempo de solidão entre pessoas e dissolução interior, que perpassa os textos dos anos finais. Entre 1988 e 1995, Hrabal dedica-se ao que chamou de "publicística literária" — uma forma híbrida, fronteiriça, entre o diário, o ensaio e o panfleto. Mais do que comentários sobre o presente ou memórias pessoais, são vestígios de um pensamento que tateia na instabilidade: anotações marcadas por perdas, vícios, obsessões, lampejos de humor, e uma lenta elaboração do luto — pela mulher, pela linguagem, pela cultura e por si mesmo.

Como os "protocolos" do tio Pepin, esses escritos oscilam entre oralidade e delírio, entre o caderno íntimo e o manifesto existencial. A velhice, a solidão, os surtos noturnos, os gatos de Kersko, a viagem aos Estados Unidos, a ressaca do comunismo — tudo isso comparece não como tema organizado, mas como sintoma de uma consciência em fratura. Cada fragmento, mesmo os mais prosaicos, traz a marca de um corpo e de uma linguagem em dissolução.

Apesar do tom errático e da deliberada recusa aos artifícios da forma, algumas dessas prosas impressionam pela concisão e pelo despojamento. São textos que não se escrevem contra a morte, mas a partir dela. Restam o gesto e a palavra — não como resistência, mas como forma última de presença.

A escrita, nesse ponto, já não esclarece, não reconcilia, não promete. Ela apenas insiste. E, ao insistir, ainda é capaz de dizer algo essencial sobre a experiência humana: sua opacidade, sua repetição dolorosa e, paradoxalmente, sua permanência.

Essa insistência não se confunde com heroísmo nem com deslumbramento tardio. Trata-se de uma lucidez desencantada, que já não espera sentido, mas que também se recusa ao silêncio completo. A literatura, nesse ponto, já não é abrigo ou revelação — é apenas uma corda estendida entre dois extremos, fina, instável, mas retesada o suficiente para sustentar um último som.

> Há então um lugar — em algum ponto, num quarto de despejo da época — onde o ser humano se dá conta de que, no início de sua entrada no mundo dos fenômenos, houve um berço, e o que há à frente é um caixão móvel, no qual ele certamente um dia cairá, e que entre esses dois recipientes se estende uma corda, e sobre ela cada um precisa tocar sua própria romança.[23]

[23] "Na struně mezi kolíbkou a rakví" ("Na corda bamba entre o berço e o caixão"), em *Domácí úkoly* (*Deveres de casa*), citado de SBH, vol. 6, p. 12.

SOBRE O AUTOR

Bohumil Hrabal nasceu em 1914 em Brno, região da Morávia, e passou a infância em Nymburk, onde seu padrasto administrava uma pequena maltaria e cervejaria. Mais tarde, ao relembrar sua infância rodeada de adultos e as histórias ouvidas no ambiente alegre da cervejaria familiar, algo que terá impacto em toda a sua criação literária, Hrabal se descreveria como um "ouvinte marginal". Após se formar no ginásio de Nymburk, mudou-se para Praga, onde começou o curso de direito na Universidade Carolina, estudos que foram interrompidos pela ocupação nazista e o decorrente fechamento de todas as universidades do país.

Hrabal sempre procurou se expor a ambientes diferentes do seu, talvez devido a uma tendência, visível na maior parte de seus livros, de registrar figuras humanas ordinárias cujos discursos dão vazão a uma ampla, vívida e excêntrica vida interior. Essa tendência levou-o a ter uma série de empregos pouco convencionais para um jovem introspectivo e intelectual: ao longo de sua vida, foi escriturário, ferroviário, corretor de seguros, caixeiro-viajante, operário de siderúrgica e montador de cenários no Teatro S. K. Neumann, onde atuava como figurante ocasional.

Embora tenha passado toda a sua vida escrevendo, Hrabal teve uma estreia literária tardia, quase aos 50 anos de idade. Tornou-se conhecido já com os primeiros livros, *Uma pérola no fundo* (*Perlička na dně*, 1963) e *Pábitelé* (1964), e obteve algum reconhecimento internacional com *Trens rigorosamente vigiados* (*Ostře sledované vlaky*, 1965), cujo enredo é baseado em memórias suas e de outros ferroviários que viveram a ocupação nazista. A adaptação de *Trens* para o cinema, com roteiro do próprio Hrabal e direção de Jiří Menzel, logo se tornou uma das obras principais do movimento conhecido como *Nová Vlna*, a Nova Onda do cinema tcheco, sendo premiada, em 1968, com o Oscar de Melhor Filme Estrangeiro.

Nesse mesmo ano de 1968, em reação às reformas encadeadas pela Primavera de Praga, ocorre a invasão da Tchecoslováquia pela União Soviética e outros países do Pacto de Varsóvia, dando início à chamada "normalização" — um período de recrudescimento do autoritarismo que se estenderia por quase duas décadas. Junto com muitos outros escritores, Hrabal é impedido de publicar. Durante os sete anos de "silêncio" que se seguiram, ele escreveu seus livros mais famosos, cujos manuscritos tiveram ampla circulação ilegal antes de finalmente virem a público: *Eu servi o rei da Inglaterra* (*Obsluhoval jsem anglického krále*, 1971) e *Tosquias* (*Postřižiny*, 1974), adaptadas para o cinema com grande sucesso comercial por Jiří Menzel, e *Uma solidão ruidosa* (*Příliš hlučná samota*, 1976), inspirado em sua experiência recente como operador de uma prensa de aparas numa sucata de papel. Nas décadas seguintes, Hrabal dedicou-se ao gênero memorialista, introduzindo extravagantes experimentalismos formais, como em *Vita nuova* (1987), o segundo volume de sua trilogia autobiográfica, que é inteiramente narrado por sua esposa, Eliška Plevová, e escrito sem um único sinal de pontuação.

Considerado um dos maiores escritores tchecos do século XX, Hrabal soube se equilibrar entre uma imensa liberdade criativa e as demandas de uma época autoritária. Forjou um estilo único, a um só tempo trágico e bonachão, numa forma anárquica mas extremamente eficaz. Foi também um escritor profícuo: no ano de 1997, em que morreu ao cair da janela de um hospital quando tentava alimentar os pombos, já havia publicado mais de oitenta livros. Seu compatriota Milan Kundera descreve sua obra como "o incrível matrimônio do humor plebeu e a imaginação barroca".

SOBRE O TRADUTOR

Luís Carlos Cabral é um tradutor literário de renome. Verteu diversos títulos do espanhol, entre eles *Três tristes tigres*, de Guillermo Cabrera Infante (José Olympio, 2009), que recebeu o 2º lugar no Prêmio Jabuti em 2010. Do tcheco, traduziu *Malá Strana: vestígios de Praga*, de Jan Neruda (Record, 2011), Prêmio Paulo Rónai da Fundação Biblioteca Nacional em 2011; *As aventuras do bom soldado Švejk*, de Jaroslav Hašek (Alfaguara, 2014), 2º lugar no Prêmio Jabuti em 2015; e *A guerra das salamandras*, de Karel Čapek (Record, 2011).

Este livro foi composto em Sabon,
pela Franciosi & Malta, com CTP
e impressão da Edições Loyola em
papel Pólen Natural 80 g/m² da Cia.
Suzano de Papel e Celulose para a
Editora 34, em setembro de 2025.